中国好小说

作家系列

Marvelous
Chinese
Works

# 看座

## ——盐河旧事之二

相裕亭

著

上海故事会文化传媒有限公司

上海文艺出版社

# 目录 | Content

1　看座

6　换画

12　夜宴

17　银凤

21　三娘

27　谎言

33　赌客

38　替身

43　奇标

49　墨杀

55　吃鱼

60　头柜

65　奴才

71　听戏

76　赌种

目录 | Content

83　浪曲

88　十里红妆

94　旗杆

99　巧匠

104　炮车

109　船客

114　独驾

119　断仇

124　抬戏

130　叫板

135　酒面

141　高徒

146　海笑

151　随礼

156　寻宝

# 目录 | Content

162      遗训

167      问碑

172      探亲

177      相亲

182      大喜

188      乱子

194      拔贡

200      报喜

206      守望

212      年戏

220      大先生

228      家事

# 看座

　　盐河入海口的河汊子里，随处可见那样一块块貌似水中浮萍一样的荒岛，它是上游洪峰携带泥沙在此堆积而成；还有的岛屿，是河水改道后，所裸露的河床自然形成的。它们凸显在淌淌的河水或潺潺的溪流当中，上面长满了翠生生的蒲草与芦苇。远看，恰如一块块碧玉镶嵌在白茫茫的河面上。偶尔，还可以看到那些岛屿上，长出一两棵不知名的小树，孤芳自赏地矗立在小岛的芦苇丛里，给盐河里觅食鱼虾的水鸟，营造出难得的栖息场所。

　　盐河边打鱼、扳罾的渔民，很喜欢那样的岛屿。他们携带着捕鱼、捉虾的家什，划一叶小舟到岛上去垂钓，或将一个个系上鱼饵的网筐——当地渔民们称之为罾的一种捕鱼工具，密布在小岛周边的水域里，时而用竹竿猛挑起罾网，捉住前来觅食的鱼虾。

那种虾弹鱼跳的场景，怪喜人呢。

某一年，小麦扬花、青杏挂枝的时候，盐河口捕鱼的汪福，正在大盐东沈万吉、沈老爷家秫子地边的河心岛上扳罾捉鱼，河对岸，一辆马车"吁——"的一声，停下了。

当时，汪福认为是过路的商客，停下来观看他如何捉鱼呢。所以，他没去搭理对方，只顾忙于扳罾、收鱼。等看清楚河对岸那个身着长袍的老人，是沈家的老太爷沈万吉时，汪福立马慌了手脚，他赶忙扔下手中的罾网，抱起刚刚捕捉到的一对大白萝卜似的鲢花鱼，蹚水跑到河对岸来，硬将那一对尚在拧滚、打挺的鲢花鱼，塞到沈老爷的马车上。

汪福所扳罾的那个小岛，坐落在沈万吉沈老爷家的地头，谁能说那个河中的小岛，不是沈家的呢？他汪福怎么就堂而皇之地在人沈家的小岛上搭起草棚，扯起网绳，坐收"鱼"利呢？显然是不合章法。

汪福下意识地给沈老爷作揖、求饶说："托沈老爷的福，小民汪福，在此混口饭吃。"

沈老爷支吾了一声，好像没当回事情。

沈老爷或许就是一时兴起，想停车看看风景。刚才，若不是汪福那一番作揖求饶的话语，沈老爷没准都不记得河对面那片绿油油的秫子地是他家的。

汪福看沈老爷不言语，他心里越发紧张了。误认为沈老爷要拿他是问。

汪福当即表示收网走人，言外之意，求沈老爷宽容他这一次。以后，他不敢再来了。

哪知，沈老爷看汪福那副惊慌惊恐的样子，如同说笑一般，告诉他："那个小岛，送给你啦！"

说完，沈老爷登上马车，走了。

汪福却愣在那儿，瞬间不知所措。

马夫看汪福半天没醒过神来，便回头大声告诉他："沈老爷发话，那个小岛送给你啦！"

汪福这才"扑通"一声，跪在沈老爷马车后面的烟尘里，接连磕了几个响头，以谢沈老爷的大恩大德。

这以后，汪福的日子愈发充实了，他拆掉岛上那个临时搭建的小草棚，板板整整地盖起两间门窗敞亮的小茅屋。之后，他一边打鱼，一边铲除岛上的杂草、芦柴，开垦出一垄垄的地块儿，种上了辣椒、茄子、韭菜、洋芋，入秋以后，又种了几畦翠莹莹的芫荽、菠菜和过冬的小麦。其间，随着秋后河水变少，水面变瘦，大片的滩涂裸露出来，汪福又把小岛周边的泥土挖起来，堆积到小岛上，使小岛的面积不断肥大。

汪福守着小岛，打鱼、种菜、卖菜，又喂养了一大群水上凫游的白鹅、花鸭，小日子日见红火起来。

此时，汪福没忘沈老爷的恩德。开春的头刀韭、挂花的脆黄瓜，乃至市面上尚无出售的紫茄子、青辣椒，以及鸭舍里那些白生生的鸭蛋、鹅蛋，他自个儿都舍不得上口，总要抢个头水，给沈家送去。

印象中，汪福头一回到沈家去时，是个清晨。

汪福手提一篮子圆溜溜的鸭蛋、鹅蛋，肩挑两筐碧绿的青菜来到沈家。沈家没有人认识他，拦他在大门外，直至马夫出面，与大太太说了来龙去脉，汪福这才有幸见到沈家的大太太。

当时，大太太正在小餐厅里等候沈老爷一起用餐。

汪福去见大太太时，他看人家窗明几净，尤其是大太太那身宽软的绸缎，在他眼前一闪一闪，汪福忽而感觉自己身上的鱼腥味、鸭屎味太重了，他没敢踏入大太太就餐处的门槛儿。

大太太身边的小丫鬟，礼节性地搬把亮锃锃的小椅子放在他跟前。汪福担心自己身上太脏了，没敢坐，他就那么蹲在门口，听大太太问话。

后来，汪福再到沈家去时，就先把青菜、鱼虾啥的送到后厨去，再到大太太这边来道安，以讨沈老爷、大太太的欢喜。当然，汪福也想利用那个时机，讨得沈老爷、大太太的赏赐。大太太赏过他岭南的花生、羊儿洼的稻米。有一回，大太太高兴了，还赏了他一摞"哗铃铃"的钢洋。

汪福有了钱，便注重穿戴，去沈家前，他着意要在河边多洗几遍手。天气不是太冷时，他还要在河中洗个澡，换身干净的衣服呢。

尽管如此，汪福每次见到沈老爷时，还是畏畏缩缩地不敢靠得太近。大太太在屋里与他说话时，他始终蹲在门外，不好意思去碰沈家那油光锃亮的桌椅板凳。

后来，沈老爷在城里娶了四姨太，汪福便很少见到沈老爷。沈老爷喜欢在四姨太那边过夜。

但是，此时的汪福，仍然把他种植的蔬菜瓜果送到沈家。沈家大太太对他不薄。汪福挑去青菜、萝卜，大太太却回馈他大米、油盐。有一年冬天，大太太还把沈老爷穿过的一件灰棉袍赏给了他。

那时间，汪福与沈家人已经混熟了。他到沈家去时，无须下人通报，便可挑着箩筐，直奔后院去见大太太。

说不清是哪一天，汪福在门外听候大太太问话时，情不自禁地摸过门口那把原本是让他观看的椅子坐上了。

当时，大太太就觉得汪福气度不凡呢。

回头，汪福走后，大太太好像忽然间想起什么事似的，喊来管家，说："去把汪福开垦的那块荒岛收回来吧，省得他以后再往这边跑了。"


就此，汪福断了财路。

但，汪福到死也不知道，他是怎么招惹大太太不高兴的。


《北方文学》2017年第10期
《小说选刊》2017年第12期选载

# 换画

郝逸之是个画家。

盐区这边，有名气的画家不是太多，但是，郝逸之要算一个。他少年时在江宁府那边跟着名师学过素描与水彩，算是练就了童子功的。后期，又到天津卫开了几年画店。再回到盐区来，名气就大了。

郝先生没到天津时，他的画很好求的，请他吃顿酒席，或是三五个文友找一处风雅的地方小聚一下，酒酣之后，纸砚一摆，他提笔就给你画上了。

此番，郝先生从天津回来，手头的字画收得紧了。朋友们想讨他的画，他指指那几个尚未开锁的箱子，说："过两天，等我安顿好了再说吧。"

郝先生临时住在他丈人家。

郝先生的岳父是盐区这边的土医生，临街开着一家中药铺，小孩子有个头疼脑热啥的，到他这开服药，回去泡水喝下就好了。再大点的毛病，如断胳膊、接腿、腹痛、脑胀，他就没有招数了。但他会催促你："快去城内天成大药房。"

平日里，郝先生的岳父、岳母就住在药铺的隔间里，以防夜间有人叩门问诊，而后面的院落和三间大瓦房，几乎是常年空着。郝先生完全可以住在岳父家，可盐区这边的男人，生来骨头硬，丈人家再好，那是丈人家，死活都不会久住的。

郝先生要回他的故居去。只是这几年他举家迁走以后，老屋失修，门窗坏了多处，院子里的杂草可以藏兔呢。已经派人去打理了。郝先生打算过几天就搬过去。

可盐区这边，几位书画界的老友，得知逸之回来了，相约在盐河边的望海楼里宴请他。一者是给他接风；再者，想从逸之口中，了解一下外面的书画行情。

郝先生如约而至，推门看到室内挂着他当年的一幅《鱼虾满仓》。想必，那是宴请方精心安排的。

那幅画，是郝先生早年的作品。

画面上，夕阳西下，两三艘装满鱼虾的船只，迎着金灿灿的霞光，次第排开，陆续开进盐河码头，背景是一群银色的海鸥，追逐着渔船荡起的海浪，上下翻舞。场面很喜庆，也很壮观。做生意的商家们，都喜欢那样的场面。但是，那幅画装裱得很一般，加之长期挂在酒店内，烟雾熏染，里面的画页都已经泛黄了。

郝先生离乡数载，再次看到自己当年的画作，忽感一阵温暖。但，温暖过后，他又默默摇头，想必是对他过去的画不满意了。随之，他喊过店老板，让对方把墙上的画摘下来。

店老板一脸茫然。

郝先生说："这样，你摘下来，改天拿到我那去，我给你换幅新的。"同时，郝先生还告诉在场的朋友，谁手中有他过去的画，都可以拿去找他——以旧换新。

郝先生没好意思说，他现在的画，比过去画得好多了。他不想让过去那些随手"涂鸦"的拙劣玩意儿，在世上流传。

郝先生的这一举措，有点像时下某些大品牌厂家售出的产品，发现某个部件不符合标准后，立即召回，并奉送客户一款更新的产品作为补偿。

由此，当天几位文友的"胃口"，瞬间被郝先生给吊起来了，都想看看郝逸之现在的画风是怎样的。于是，酒宴尚未结束，便有人提议，让郝先生"开笔"——露两下子。

郝先生推辞——画笔、印章都没有带。

而早有准备的店老板，推开房间的隔板，旁边一间雅室里，笔墨纸砚，一应俱全。

推脱不下时，郝先生仍旧没有作画，他提笔写了几个字，算是把当天的场面应付过去了。

一时间，盐区的商贾大户们，都以手中拥有郝先生的书画而荣耀。

事后，有人找郝先生换画。

郝先生看着那几个尚未启封的箱子，不想在他丈人家翻箱倒柜。他把换画的人领到前面的药铺，让他岳父把画收下来，同时付给对方三块大洋。

当时，两块大洋可在盐区买一亩上好的盐田。

郝逸之答应对方，过几天持三块大洋，可以来换他一幅斗方。

这就是说，郝先生当下的一幅小画，可换一亩盐田。难怪文友们请他小酌，他也不再给人家提笔作画了。郝先生的画值钱了。

盐区这地方，有钱人多。越是值钱的物件儿，越有人玩。书画这个行当也是如此，谁的画值钱，就挂谁的画，那才叫长脸面。

所以，郝先生自从开出"换画"的价码以后，每天都有人来换画——兑换现大洋。

而郝先生收下他那些旧画以后，几乎是看都不看，随手就撕了。岂不知，郝先生的这一做派，让人钻了空子——有人临摹起他的画。

郝先生的岳父不懂这些，他只管按尺码大小，给人家兑换现大洋。

当郝先生发现市面上出现他的假画后，立马告知岳父，不能再拿现大洋换画了。并于当天午后，在岳父的店铺门口贴出告示：

鉴于目前市场上出现大量郝逸之的假画。即日起，停止换画。如有购买本人字画者，请当面交易，切勿通过他人倒购。以防上当受骗！

郝逸之

某年某月


事已至此，虽说有人扰乱了郝先生的书画行情，可无形中提升了他的名气。一时间，盐区的商贾大户们，都以手中拥有郝先生的书画而荣耀。而郝先生凭他手中的画笔，前后小半年的工夫，在盐区翻建了昔日的故居，购置了大片盐田。

这其中，有个谜团，一直困惑着盐区懂画的和不懂画的人：郝先生的名气如此之大，为何不在天津那边谋发展，折回盐区来干啥？

后期，有人把事情弄明白了：天津卫乃是京城门户，高人如林，郝逸之在那边是被人砸了场子，才灰头土脸地卷着铺盖返回盐区的。但郝先生在天津几年，开阔了视野，学会了怎样扬名卖画。

此番，他回乡换画，便是其中一招。

# 夜宴

吴家四姨太，喜好涂鸦。

这年秋天，蟹肥水美时，四姨太想请城里几位书画界的老师到家里坐坐。吴老爷含含糊糊地没当个事情。后来，听四姨太说，教她书画的师娘，想到盐河边来看风景，吴老爷这才说："好呀，中秋，请他们来赏月。"之后，吴老爷还把这事跟大太太讲了，让大太太到时作陪。

吴老爷自从娶了年轻貌美的四姨太，便很少再带大太太出入那种推杯换盏的场合。此番，四姨太要把客人请到家里来，大太太理应作陪。

待客的那天傍晚，客人们如期而至。四姨太饶有兴趣地领他们登上自家的游船，先去观赏"晚风吹，落霞飞，两岸灯火，八面水"的盐河风光。

吴家，庭院深深。前门临街，后门枕河。有道是"轿从前门进，船至后院停"。四姨太带大家观赏过盐河落日，便从后花园的小码头上岸。此时，吴老爷和大太太已在后花园的观海亭摆下酒席。

酒桌上，大家不乏诗情画意。四姨太心情愉悦，频频举杯，风光无限。大太太不懂他们说的画风、流派啥的，只是陪着笑笑，她很少插话。时而，也端端酒杯，不失待客之礼。

入夜，酒宴结束时，吴老爷和四姨太前厅送客，大太太可能觉得来的都是四姨太的客人，她只在客人们离席时，起身送了几步，等他们一行人前呼后拥地奔前院去时，大太太感到有些内急，便与丫鬟拐进旁边花墙内的茅厕。

此时，后花园里一片空寂，几多秋虫唧唧，飞蛾乱撞。大太太蹲在茅厕内，偏有一只不知趣的小飞虫落到她的光腚上，大太太正要抬手拍打，忽听得观海亭内的盘碗之间，传来"叮"的一声脆响。

大太太一惊，问旁边的丫鬟："什么响？"

丫鬟侧身透过花墙，向观海亭那边张望，猜测可能是酒桌上吃剩下的山珍海味，引来附近馋嘴的猫，便空喊一声："猫——呀！"

大太太也想到是猫。

可此时，丫鬟突然变了神情，她盯住花墙上的缝隙，告诉大太太，说："太太，太太，不是猫，是个人！"

"人！"大太太问，"什么人？"

丫鬟凝神静气地盯住花墙，说："女人，是个女人！"

大太太问："哪里来的女人？"

丫鬟一时没有回话。大太太随即提上裤子靠过来。丫鬟盯着花墙说："好像是北门外，盐河冦船上的阿贵家。"说话间，丫鬟看清楚了，她告诉大太太，"对对对，就是冦船上的阿贵家。"丫鬟把花墙间可以瞭望的位置让给大太太，说，"太太，你看她头上的黑包巾，还有她胸前那条灰不拉几的脏围裙，看到了吧，就是阿贵家。"

大太太看着那个鬼鬼祟祟的女人，沉默了半天，阴冷冷地骂了一句："这个臭婆娘，她不在冦船上待着，跑到这偷食来了。"

冦船，是指固定在码头上的浮动体。

可这里，大太太和丫鬟所说的冦船，是指盐河里退役下来的破旧渔船。它们不能再到大海里去迎击风浪了，但是，船体还没有完全散架子，可以当房子泊在盐河边，适当的时候，也可以在近海水域，或盐河的静水湾里划行。盐区，许多没有耕田的渔民，或是家道贫寒的讨荒者，为避风雨，花少量的钱，从渔民手中购得那样一条破船，便可以把家安在盐河里。

阿贵家就住在那样的船上。

阿贵家，是个苦命的女人。两年前，她的丈夫阿贵，下海捕鱼时，赶上风大浪涌，死在海里了，留下一双儿女和眼前这个弱小的女人，靠在盐河边拾荒为生。三个月前，那女人把她的趸船停在吴老爷家的北门外。吴家人看她可怜，不但没有驱赶她，时而还扔点食物或用物给她，可谁又能想到，她是个贼！

"这个臭婆子！"大太太指使丫鬟，"你再大声呼喊猫！"

大太太或许想通过喊"猫"的声音，吓跑那个女人。

那女人听到有人喊"猫——"时，情急之下，她还真把自己当成一只猫呢！她拿捏起嗓子，尖尖地回了一声猫叫。随后，她怕被人发现，急忙藏身于酒桌下面的台布里。可她有所不知，她的一举一动，都在人家大太太和丫鬟的注视中。

大太太看到那女人藏身桌下，跟丫鬟说："走，过去看看。"说这话的时候，大太太满脸都是怒色。丫鬟猜想，大太太可能要到跟前去揪出那个馋嘴的女人。可快到酒桌附近时，大太太像是改变了主意，瞬间变得温和起来，她指着酒桌上那些吃剩下的美味菜肴，慢条斯理地跟丫鬟说："剩下这些食物，放在这都浪费了，你挑点好吃的，给北门口趸船上的阿贵家送去吧，她家男人没了，孩子又小，怪可怜的！"

丫鬟略愣一下！但她很快明白大太太那话是说给桌子下面那个女人听的。于是，丫鬟故作推辞，说："这么晚了，阿贵家怕是已经搂着孩子睡了。"

大太太说："那你记住，明天一早，你把酒桌上吃剩下的这些鱼呀、肉的，尤其是那些还没有翻盖的棱子蟹、仙女贝啥的，挑给阿贵家送去。"

这一回，丫鬟顺从地应了一句。

之后，大太太好像无心再到酒桌前去了，她伸手揽住丫鬟的肩膀，醉眼蒙眬的样子，蹒蹒跚跚地往前院走去。其间，丫鬟忍不住欲回头张望，大太太却轻"嗯"一声，说："走你的路。"

第二天一早，丫鬟在大太太的授意下，当真拎了些残羹剩饭，想去奚落一番昨夜那个偷食的女人。可她找到北门外的盐河边，哪里还有阿贵家的影子哟！

那女人连夜驾艇船走了……

《微型小说选刊》2019年第2期

# 银凤

银凤是二姨太从娘家那边带进吴府的丫头。二姨太过世以后，吴老爷念其旧情，想收她入室。大太太不让，大太太觉得银凤出身贫贱，不配伺候在老爷的锦被玉枕边。大太太找了个媒婆，暗中将她许配给城东的阿贵，等吴老爷知道此事时，银凤已经被阿贵领走了。

阿贵是个拣煤渣的。

那时间，日本人已经驻扎到盐区，并在城东盐河入海口的滩涂上，建起了一座威威武武的小电站。阿贵每天从日本人的小电站里拉出煤渣，摊在盐河边的滩涂上，挑出煤渣中尚未燃尽的煤核，卖给城里开饭馆的和街口烧水剃头的匠人。入冬以后，天气变凉，阿贵还会肩挑手提地将煤核送进盐区的高门大院，专供有钱人家的老爷、太太、大小姐们燃在手炉、脚炉里取暖。

阿贵所售的煤核，已经在日本人的高炉里燃烧过一回了，此番再燃起来，已不起烟雾，可谓无烟之煤，备受高门里那些爱干净、讲穿戴的贵妇人们喜爱。美中不足的是，煤核并非煤炭，它的热量有限，再次燃旺以后，红莹莹的小火苗，恰如小猫嫩舌头似的，舔食不了几下，就没有后劲了。阿贵呢，尽可能地挑出上好的煤核，送给盐区的有钱人，图个夸奖，讨个好价儿。

吴老爷打听到阿贵的生存处境，私下里把城东盐河边的二亩薄田赏给了他，让他领着银凤好好度日月。

阿贵是个老实人，快四十岁了，娶了个花朵一样好看的银凤，如同得了宝似的，整天变着法儿哄着银凤开心。银凤呢，原本是个丫鬟，享得了清福，也受得了苦难。农忙时，她帮着阿贵挖田、浇菜园子；农闲时，她也同阿贵一道拣煤核，只是她不去拉煤渣，只等阿贵把煤核拉到自家院子以后，她再帮阿贵把拣好的煤核，分出三六九等。上好的，留至天凉以后，卖给盐区的有钱人；下等的，出售给城里的茶馆、酒肆。有时，他们自家也烧一点。但是，多数时候银凤舍不得烧阿贵辛辛苦苦拣来的煤核，她在盐河边拾些芦柴生火做饭，也就凑合了。

阿贵他们家，住在东门外的盐河边上。

东门外，就已经远离城区了，再往东面盐河边上去，压根儿就没有几户像样的人家。先前，那一带是盐工们"滚地笼"的不毛之地，而今，住户多为乡下来的拾荒者。

那些拾荒者，拖家带口，临时用芦席、蒲草搭建一个小窝棚，一家老小灰头土脸地住在里面，房前屋后，堆满了酒瓶子、破纸箱、乱绳头等破烂。像阿贵家那样碎砖到顶的茅房、树枝围起的院落，就算是鹤立鸡群了，银凤很知足。

当然，阿贵家的"鹤立鸡群"，归功于阿贵的勤劳，他白天黑夜地拉煤渣、拣煤核，大钱挣不到，小钱还是源源不断的；再者，阿贵娶了银凤那样一个女人，也给他带来不少福气。

银凤很会持家的。

银凤依托盐河养了一群鸭，当院的空地种着蔬菜瓜果。自家吃不了的瓜果，就让阿贵带到城里卖。有时，她还会挑些新鲜的蔬菜，或刚刚下枝的瓜果给吴家送去。比如开春的头刀韭，入夏的麦黄杏，以及挂花、带刺的脆黄瓜，坠弯了枝丫的水蜜桃啥的。但，那样的时候，银凤并不是自个儿挽着篮子送到吴家去，多数是让阿贵顺路带上。

银凤若是进城，或是要到吴家去见什么人、说个什么事儿，尤其是赶上二姨太的祭日叫她参加，她会很体面地叫一辆黄包车，去见吴家的老爷、太太们。时而，她还要摆摆谱儿，故意让拉黄包车的车夫，在吴家的大门外候着她。

银凤家居住的东门外那一带，全是土渣路。平日里，原本就不平整的路面，被日本人拉煤的大车轧得坑坑洼洼，赶上雨雪天，路面泥泞，四处积水，寸步难行。银凤若是赶上那样的天气出门，她就让阿贵专程去城里叫辆黄包车到家门口接她。银凤不想湿了衣袂、鞋袜后，狼狈不堪地踏入吴家门。

这年隆冬，一个大雪纷飞的午后，东门外发生了一起交通事故，一辆日本人的拉煤车，把一位贵妇人轧死了。肇事现场很凄惨，张狂的日本货车司机，在车轮子从那位贵妇人的脑袋上轧过以后，连车都没停，直接通知盐区警署房去处理后事。

警署房的"黑狗子"们，跑到现场一看，死者穿着细软，料定是盐区有钱人家的妇人，连夜派人上门打探。可那帮"黑狗子"，一连跑了数家高门大院，皆无打探出死者来历。

消息传到吴老爷那里，吴老爷想到当天是二姨太三周年祭日，慌忙派人通知阿贵去现场认尸。

阿贵赶到场后，一把拽下死者的丝绸手套，看到死者指甲里的乌黑炭泥，当场便失声痛哭，且边哭边喊："银凤呀，你去时坐着黄包车，回来时怎么就舍不得了呢！"

原来，银凤到吴家时，每回都是风风光光地坐着黄包车去，可回来时，她为了节省车费，车出东门以后，她就下车步行了。没料到，此番赶上雨雪天，日本人拉煤的卡车开来时，她为躲闪眼前一个小水坑，脚下泥水一滑，一头栽进了卡车底下。

# 三娘

邮差，盐区人叫他送信的。

旷野里，乡间土道上，见天斜背着一个褪了色的帆布包，打着裹腿，独自行走时，手中还时不时地折一节绿树枝摇呀摇。其间，若有拉盐的大车顺道遇上他，一定会邀请他到盐车上带他一程。这时，好奇的人，总会向他打听："今天，都有哪家的信？"

那个矮胖、敦实的中年邮差，也不避讳，顺口就能说出盐区今天有信件的几户人家的姓名。

问话的人，脸上挂着羡慕或担忧的神情，与邮差说着那些有信件人家的几多往事。有时，还会与邮差一同猜测那信中的大概内容。

刚解放那会儿，盐区识字的人很少，但是，邮差是识字的。否则，他怎么把一封封写着地址、人名的书信，送到人家手中呢。所以，这样一来，邮差要做的事情，就并不单单是送信了。他把信件送到那户人家时，往往是刚要闪身离开，又被信的主人喊住了。

此时，信的主人，叫他一声："先生！"随之，搬过家中最好的条凳，或是捧上一碗热茶，请他帮助念信。

这一来，那邮差就把信上的好消息、坏消息，原原本本地都给读出来了。往往是邮差这边还没有把信上的内容念完，听信的人，已经哭得泪流满面了。要么，就是信读至半截时，听信的人就不让他再读下去了，原因是，信中说穿了某一个石破天惊的秘密。

时值战乱，盐区里好多血性男儿，戴着红花参加了革命队伍；也有的投奔到国军那边，跟着"老蒋"卖命去了；更有离奇的，干脆跑到日本人那边做了狗腿子。所以，在那段特殊的岁月里，邮差给盐区人带来的消息，往往是凶吉难料。

"这是孙少伍的家吗？"

今天这封信，是孙少伍家的。

邮差顺手推开院门，大模大样地走到院子里。但他并不进人家的厅堂，他只站在院子里，冲着院落喊："这是孙少伍的家吗？"

孙少伍，是这个家的男主人，但他离开这个家已经很久了。而今，外面有信件来，仍然写着他孙少伍的大名。

"孙少伍！"

"孙少，伍——"

邮差看着信件上的人名，高一声，低一声地站在院子里喊，以至引来巷口围观的几多村童，那些爱看热闹的顽皮孩子，纷纷跑到孙家的堂屋、锅棚里，帮助邮差大声叫喊："三娘，三娘，你们家来信啦！"

这时，西墙根的锅棚里，一个女人顶着头巾探出头来。显然，她就是孙少伍家的女人孙三娘，她已经好久没有听到有人喊叫孙少伍这个名字了。所以，刚才邮差在院子里喊了半天，她都没有反应。此刻，三娘见到邮差，异常兴奋，想去接信件，可她手上还是湿的，她在锅棚里正洗菜呢。她下意识地在衣襟上擦去手上的水渍。可邮差并不想马上把信给她，邮差让她去找图章，说是挂号信，要打个"回执"，才能把信件给她。

那一刻，孙三娘慌了神！她哪里有什么图章呢？那个让她日夜揪心的男人，离家六年都没个音信。而今，猛然间有信来，还要让她出示图章。这可难坏了三娘。

好在邮差有办法，他让三娘在他指定的表格上按个手印。

孙三娘顺从得像个孩子，当下把两只手都伸过来，她不晓得如何去按手印子，她只想快点把信件打开，听听她男人在信上说了啥，她甚至觉得邮差手上的信件，就是她昼思暮盼的男人。

于是，孙三娘在按下手印的那一刻，心中多少还有些羞涩呢。但她很快又慌张起来。盐区有几家男人跟着"老蒋"丢了脑袋，结果是，一个白布包寄回来，全家人都成了坏分子。所以，孙三娘按过手印以后，那个留有胭脂红的指尖儿，一个劲地发抖。

此时，围观的孩子，都盼着三娘快点把信打开，他们想知道，孙三娘听过信上的内容以后，是会哭还是会笑呢？可三娘陡然冷静下来，她把孩子们一个个都赶走，只留下邮差一个人。

邮差呢，似乎已经猜到信的内容，但他在没打开信件的时候，仍然装作什么都不曾知道的样子。待邮差目睹了信的全部内容后，他自个儿先把头深深地低下了。邮差告诉三娘，说："你丈夫光荣了！"

孙三娘瞪大两眼，半天无话，末了，她用后嗓的余音，问那邮差：

"光荣了？"

邮差没再说啥。

三娘把脸别过来，目光呆滞地贴近邮差的脸颊，慢声细语地问他："你是说，少伍他，光荣了？"

邮差把信件递给三娘，告诉她："孙少伍在解放西藏的途中，死在阿里了。"

"死在阿里了！"

此时，三娘的眼里依然没有泪，她疑疑惑惑地问那邮差："这么说，少伍是回不来了？"

那些爱看热闹的顽皮孩子，纷纷跑到孙家的堂屋，锅棚里，帮助邮差大声高喊：「三娘，三娘，你们家来信啦！」

邮差默默地冲她点点头。

三娘问："少伍他，是好人，还是坏人？"

三娘想知道，她的男人是为谁死的。

邮差指着她手上拿的烈士证书，告诉她："当然是好人！"邮差还告诉孙三娘，说她男人是国家的功臣，并嘱咐她，要把那证书收好了。

三娘没再说啥。但此时，三娘的眼窝，如同两汪清泉，止也止不住地滚下泪来。

之后，三娘便四处打听，西藏在哪里？阿里在哪里？她甚至想知道，阿里到盐区有多远的路程。其间，有读书人告诉她一个大概的方位，说西藏在太阳落山的地方，离盐区约有五千多里路。

三娘一一记在心里。


当年冬天，盐区西去三百里传来噩耗，说孙三娘死在徐州近郊的大运河边了。人们猜测，她这是向着太阳落山的地方去找孙少伍呐。

那一年，孙三娘二十四岁。


《小小说选刊》2017年第1期

# 谎言

　　盐河北岸，有一小村，倚河而居，几十户人家，散落在一条两里多长的古河套里。远看，乌蒙蒙一片，恰如零零散散的旧船被遗弃在河岸边。走到跟前，透过河堤上茂密的竹柳，才可辨出一家一户错落有致的小院及房屋间的石巷黛瓦。

　　此村，名曰：犯庄。

　　乍一听，此处是出土匪、罪犯的地方。其实不然。

　　日伪时期，那里曾上演过一场貌似影视剧里才有的场面。有两个进村来寻找花姑娘的小鬼子，被村里的男人打死，扔到村外的芦苇荡里。驻扎在盐河口的小鬼子追查下来，把全村的成年男子，集中到盐河边的小码头上，架起机枪，限定时间，逼他们交出"凶犯"，否则，统统杀死。

关键时刻，村里的陈铁匠站出来。

陈铁匠说，小鬼子是他杀死的。

日本兵中，一个留着八字胡的小队长，看到陈铁匠站出来，嘲讽般地独自鼓起掌来。随后，那家伙满脸狐疑地走到陈铁匠跟前，指着地上的两具尸体，变换着指间的数字，问他："你的，一个人，杀死他们两个？"

陈铁匠脖子一梗，说："是。"

小鬼子"要唏"一声，随之，目光转向旁边陈铁匠的儿子，怒吼一声："你的，不明白吗？"

小鬼子不相信陈铁匠一个人，能杀死他们两个日本兵。

当即，陈铁匠的儿子也被拉出队列。

小鬼子逼迫铁匠父子转过身去，向那两具尸体谢罪，向他们大日本帝国谢罪。岂不知，就在他们转身的同时，枪声响了……

处置了铁匠父子后，小鬼子们仍不肯罢休。他们说村里的男人中还有其同伙，甚至说这村里的男人，个个都是危险分子。

于是，小鬼子们把村里的男人编成三人一组、九人一串，用绳索绑连后，让伪军持杨木板子，在背后敲打他们的脚踝子，一个个将其押上河边巡逻舰，说是要带他们到"据点"内继续盘查。其实，是强征他们到山东招远金矿做劳役。

不久，他们中有人写信来。

小鬼子「要啼」一声，随之，目光转向旁边陈铁匠的儿子，怒吼一声："你的，不明白吗？"

小村里，许多妇人听说那户人家有信来，都纷纷跑去，想看看是什么人从什么地方寄来的信。那些闻讯跑来的妇人中，有人怀中正奶着孩子，有人手里还拿着针线或是一把尚未择好的翠韭菜呢。来信的人家找来村子里识字的人，念信上的内容。街口玩耍的小孩子与墙角跷腿撒尿的小狗，也都跟来凑热闹，陆陆续续地挤满了那户人家的小院儿。

而接到信的人家，显然是很高兴的！至少，说明他们家的男人还活着，否则，怎么会有信来。但是，信中提到另外几户人家的男人，就没有那么幸运了，他们或在半道上逃跑，或在开采金矿时不守纪律，被日本人给打死了。

这一来，聚来听信的妇人、孩子与狗们，很快都散去。他们拥向了那几户死了男人的人家。

而那几户死了男人的人家，先是有妇人滚在床上或地上哭。随之，就有人帮着焚烧火纸，招领那男人的亡灵。接下来，另有妇人们帮着收拾庭院，支起灵棚，并去那户人家的瓦罐里找米，院子里捉鸡，小街上买鱼、沽酒，还有妇人送来些青菜、豆腐、粉条子之类，在院里支起锅灶，并有两个厨艺好的妇人操持，办一桌丰盛的酒菜，来祭奠那家死去的男人。

此时，陈铁匠家的女人，一定会在那些剖鱼、洗菜，或是择鸡、煮米汤的妇人当中，因为，当初她家男人与儿子被日本人杀死后，村里的妇人们，就是这样帮她的。

但是，此番铁匠家的女人，在帮衬那户家人料理后事时，如坐针毡！她从那户人家的哭声里，隐隐约约地感觉到人家的冤屈与愤懑。

"死鬼呀，你死得好冤！你跟着人家白白送死呀。"

盐河边的女人，哭亡夫时，都是那样称其死鬼。

人家哭她家的死鬼死得冤，白白地跟着去送死！这说明什么？说明她家男人是不该那样死的。究其原因，自然就落到铁匠父子的头上了。

铁匠家的女人，听了那哭喊，心里边能好受吗！整个村庄的男人被日本人掠去做劳役，都与她家的男人打死鬼子有关。所以，铁匠家的女人在那户人家做事时，半天不说一句话，她甚至想找个僻静的地方躲一躲。可她，偏偏又在众人的视野里。

村子里的女人，表面上看不出她们是怎样恨铁匠家的男人和女人，但是，每当半夜醒来，摸摸自家男人不在身边，或是孩子哭泣、家中无柴起灶时，那些女人的心里，或多或少地还是会怨恨铁匠父子招惹祸端，以至于，性格刻薄的女人，大清早的，在街面上与铁匠家的女人走个对面，都不搭理她。

这样一来，铁匠家的女人就觉得日子过得煎熬与苦涩。以致后来，村子里再传来哪家男人死去的噩耗，她干脆缩在家里，不想去做帮手了。再后来，她悄无声息地带着孩子，隐居娘家。

解放后，陈铁匠的后人，想为他们的先祖打死鬼子，而惨遭日寇杀害之事树碑立传。他们找到盐区地方政府后，颇费了一番周折。

原因是，当年死在芦苇荡里的那两个"鬼子"，并非是真鬼子，而是两个穿着日本军服的盐工。日本人之所以要自编自导那样一场惨剧，目的，是为了向金矿输送劳工！

这就是说，铁匠父子打死鬼子之说，是子虚乌有的事。

不过，地方政府综合事态的前因后果，最后还是追认铁匠父子为革命烈士。理由是：陈氏（铁匠）父子，在敌人的屠刀下，为保护众乡亲，挺身而出，不惜牺牲自己的生命，是民族英雄，追认为革命烈士。

《小小说选刊》2017年第4期
《小小说月刊》2018年第6期

# 赌客

安虎是个赌徒，盐区有名的赌徒。北至胶州湾，南到灌河口的燕尾港码头，到处都有他的赌客。安虎玩的是豪赌！他曾在一夜之间，输掉了两麻袋白花花的钢洋；也曾在一夜之间，赢回了大盐商杨鸿泰家曲径通幽的西花园。有人曾大致地估算过，经他安虎手中赢回的钢洋和输掉的银锭，少说也能装满两艘双桅帆的大渔船。

一年腊月，北乡来了一个麻脸、瘦高个的赌客。当时，安虎正在自家门前的廊檐下，撩拨一群野孩子在雪地里打架，看到那个找上门来的赌客两手空空，半天没有搭理他。末了，安虎把手中一团羊绒似的雪团儿扔向孩子们，不屑一顾地问他："赌什么？"

赌客说："我带的'干货'，都在船上。"并自报家门，说他姓陈，大名麻六，盐河北乡人。

安虎一听，顿时两眼放光！他知道此人来头不小。当下，酒宴款待，并相约日落以后，划船到盐河里赌。

那夜，双方各自只带一个随从上船。他们既是收钱、放码子的帮手，也是赌局中输赢的证人。

刚开始，安虎与麻六所下的赌注都比较小，你三块、他五块，如同午后街口的老太太们看小牌似的，说在嘴上，耍在指间。那种小儿科的玩法，类似于拳击场上，两个将要生死对决的拳击手，登台亮相以后，双方拉开架势，颠起碎步，拳脚一伸一缩地去试探对方的套路。等到牌桌上的钢洋"哗啦啦"响动时，两人便没了话语。那时，才动真格的。

天快放亮时，北乡来的陈麻六，输掉了最后一摞钢洋。但他仍不肯罢休，他在安虎吩咐随从，打点行头，下船走人时，忽而又设一局。

安虎笑他："你所带的钢洋都到我这里了，你还赌什么？"

陈麻六半天咬出了两个字："闺女。"

"什么？"

安虎似乎没听清对方说什么。

这时，只见陈麻六用赌局上赶钢洋的戒尺，轻点着桌面上摆好的谜面，说："这一局，我若是再输了，家中两个尚未出阁的闺女，送一个给你。"

这回，安虎听明白了，对方要拿自家的闺女做赌注。已有家室，但尚无子嗣的安虎，脸上顿时露出了阴冷的微笑，他转过身来，单手捂住陈麻六设下的赌局，猎鹰一样的眼神，在陈麻六那干瘪如烤牌（盐河两岸一种火炉中烤脆的面饼，表层撒着金灿灿的芝麻）似的脸上寻来望去。末了，安虎压低了嗓音，提醒陈麻六，说："赌场无戏言！"

陈麻六说："无戏言。"

安虎说："好！"随之欲开谜面。

陈麻六却说："且慢！"

陈麻六问安虎："这一局，我若是赢了呢？"

安虎略顿一下，但他也不孬种！在安虎看来，对方是拿自家闺女做赌注，他也应该押上相应的赌注才算爷们。于是，安虎牙根一咬，说："我家那尚未开怀的婆娘押给你。"

陈麻六沉思片刻，摇了摇头，说："不，船上的银子都留下。"

安虎说："好，一言为定。"

陈麻六说："一言为定。"

随之，开局。陈麻六输了。

安虎二话没说，当场双膝跪倒，直呼岳父大人在上。

陈麻六知道，安虎这是在向他叫板。

但，陈麻六已无计可施，他只有许配一个闺女给安虎。可此时的陈麻六灵机一动，临时附加了一个条件，让安虎明媒正娶他家的闺女。安虎答应了。

接下来，双方签字画押：一朝结为夫妻，终身不得离弃，并定于半月后的腊月二十六，为大婚之日。

安虎喜出望外。

可此时的安虎，并不晓得陈麻六家的两个闺女中，有一个是久病在床的瘫子。陈麻六立字嫁女，就是要把那个瘫子嫁给安虎。

事过三日，双方经媒人说合，紧锣密鼓地开始筹办婚事。此时，一个北乡来的盐贩子向安虎透露，说陈麻六欲嫁一个瘫痪的闺女给他，并说，陈麻子家那瘫痪闺女，只能坐着爬动，不能站着行走。平时里，吃喝屙撒，都需要人照顾。

当下，安虎愣住了。难怪赌局上那个诡异的陈麻六，要拿自家的亲闺女做赌注，原来他是心术不正，想把一块烫手的"山芋"塞给他呀！

这个老东西！

安虎想悔掉这门婚事，可想到对方有字据在手，他安虎若是单方毁约，肯定是要吃官司的。再者，大婚的喜帖已经发至亲朋好友，怎么能在这个时候，说退婚之事。一切，只好按部就班。

可真到了迎娶新娘的当天，安虎这边也动了心机，派去八抬大轿，额外还带来了几十口子护轿的青壮年，他们进村不进院落，离陈麻六家还有八丈的时候，"哗啦"一下，铺开了一道映天红的红地毯，从街口的场院儿，一直铺展到陈麻六家的正厅。新郎官安虎，远远地站在花轿前，让新娘子，踏着红地毯走上花轿。

这一招，可是陈麻六没有料到的。

围观的乡邻和进进出出的陈家人，看到那些迎亲的壮汉，个个虎背熊腰，人人手持一把红布缠绕的棍棒，列队站在红地毯两旁，时而还"呼呼、哈哈！"狂呼乱喊！俨然是有备而来逼婚的。

陈麻六慌了阵脚！已经披金戴银，开脸待嫁的陈家瘫痪女子，听说对方要逼她走上花轿，一时间也乱了方寸。

双方僵持不下时，陈麻六家年方二八的小闺女挺身而出，她当即跪在爹娘跟前，含泪向爹娘表白：愿意为爹娘分忧，替姐姐出嫁。

这个结果，正是安虎所要的。


婚后，陈麻六家那聪明伶俐的小闺女，深受安虎宠爱。数年后，她将瘫痪的姐姐也一同接来随了安虎。那是后话，不提了。

《小小说选刊》2017年第17期

# 替身

县党部的卫兵，把一张午夜启航的船票，送到沈老爷手上时，沈老爷矜持片刻，右手的拇指与食指，在那张薄如蝉翼的船票上左右划动，如同他酒后在戏院里摸捏女人的裙带、衣袂那样悠然。可转瞬间，沈老爷沉下脸来，问卫兵："家眷呢？"

卫兵没有回答。

沈老爷也没再追问。

但是，沈老爷预感到大事不好了！

果然，等沈老爷傍晚时返回盐区，想与家人道别时，发现他家宅院的四周，似乎被人布下了"眼线"。

那一刻，沈老爷本想让马夫汪九调转车头，折回县党部，或直接到盐河口的小码头上候船去。可他，转而又想，此刻若过于慌张，岂不更容易引起人们猜疑。他甚至料到，没准就在他调转马车往回走的途中，就会有人追上来，将他截住。

想到此，沈老爷反倒镇定了，他想按部就班：前街门前下车，后院大太太房里叙话，姨太或小妾房里过夜。一切，装作若无其事。

可当沈老爷在前街门前下车后，他并没有像往常那样，拾级而上，穿过前堂的门厅，一路赏着花草，张望着假山或树枝上跳跃的鸟儿，奔着后院大太太的房里去，而是借前街草料场旁边的厕所小解去了。

之后，沈老爷从厕所里抖着裤子出来时，他也没有直接回到后院去，而是在南院草料场上转着玩，转着转着，他便转进了汪九的马厩。

那时间，汪九已卸下马匹，正在打扫马厩里的粪便。沈老爷悄无声息地走进来，吓了汪九一大跳。

汪九第一眼看到沈老爷时，他误认自己的视觉出了问题。直到沈老爷喊他"汪九"，汪九这才转过神来，惊呼一声，说："老爷！"

汪九想说："老爷，你怎么到这里来了？"可他，只叫了一声"老爷"，后面的话，便惊骇地咽回到后嗓里去了。

沈老爷看汪九一脸疑惑的样子，他反倒无事人一样，指着汪九跟前已经装满的两筐马粪，问汪九："这两筐马粪有多重？"

汪九不知老爷何意，顺口回一句，说："不重。"

汪九的意思是说，那两筐马粪他挑得动。

可沈老爷静观此筐，默默地伸手试了一下，对汪九说："你把这筐里的马粪往外倒倒。"

汪九说："老爷，我担得动。"

沈老爷说："倒倒！"

汪九虽然不明白老爷的意思，但他还是按照老爷的指示去做了。

回头，等沈老爷看到墙角的一堆草糠时，他又对汪九说："你把筐里的马粪都倒出来。"

沈老爷让汪九把两个筐底先装上糠草，再在上面盖上一层薄薄的马粪。之后，他又吩咐汪九："把你的衣服脱给我。"

汪九愣在那儿！

直到这时，沈老爷才对汪九说，"老蒋"的队伍已经土崩瓦解了，并告诉汪九，他要装扮成他汪九每天傍晚往盐河口担粪的模样逃出去。

与此同时，沈老爷让汪九戴上他的礼帽，换上他的长衫、马褂，装扮成"老爷"的派头，并教他步态，告诉他在街门口上台阶时，要拎起长衫，别被膝下的长衫绊倒了，走进院子以后，也不要像平日里赶马车那样，碎步小跑，而是要挺直腰板，双手剪在背后，有板有眼的样子，一步一步往前迈，时而，还要停下来，看看甬道两边盛开的秋菊，张望假山、树枝上跳跃的小鸟。然后，再装模作样地穿过花墙间的月亮门，到大太太房里去过夜。

汪九一听让他到大太太房里去过夜，当即连连摇头，说："老爷，这可不行，这可不行！"

沈老爷说："嘛，我又不是叫你去拱太太的被窝。"

沈老爷告诉汪九，只让他装装样子，营造出当夜他在沈府的假象，没让他有什么非分之想。

汪九领会沈老爷的意图，当即点头默认。随后，汪九穿上沈老爷的行头时，除了身板比沈老爷敦实了一点，其年岁、身高，与沈老爷相差无儿。以至，后期他装模作样地走到大太太跟前时，大太太都没有辨出他是汪九。

那一刻，若不是汪九情不自禁地叫了声："大太太。"大太太还真把汪九当成了自家的老爷呢。

汪九唤大太太时，便直言相告，说他是家奴汪九，让大太太不要惊慌。

接下来，汪九如实说出沈老爷的去向，并按照沈老爷的吩咐，让大太太稳住阵脚，一切要像沈老爷在家时那样，免得外人看出破绽，断了沈老爷的脱逃之路。

大太太面对这突如其来的变故，愣了半天。末了，她还是按照沈老爷的吩咐，通知各房花枝招展的姨太、美姜们，该打牌的打牌，该唱曲的唱曲，该观灯赏月的，都到院子里的花墙、假山内捉迷藏去。

入夜后，按沈府里的规矩，沈老爷可随意到各房姨太的房里去串串，至于他想在哪房姨太屋里过夜，由他自个儿的性情来。大太太在这个环节上，正告汪九，让他务必洁身自好。

汪九点头如捣蒜。

可，谁又能料到，那个向来忠厚、木讷的汪九，当晚到小翠房里去时，不知是小翠过于轻佻、勾引，还是他汪九自己把持不住，没等到沈府内熄灯就寝，他就与小翠滚到一起了。

半夜里，汪九搂着那棉团一样的小翠睡得正美时，院子里突然拥进一群人，高呼"打倒地主老财"！

随之，小翠的房门，被人"咣——"的一脚踹开，上来几个人，不由分说地把他汪九当成了沈老爷，光溜溜地将其塞进一口麻袋内，拳打脚踢了一阵后，扔到当院的板车上拖走了。

原计划，第二天在盐河口的小广场上召开公审大会。

岂料，那汪九被人扔到屋外冻了一夜，再加上不停地有人踢打他，天亮后，解开麻袋时，他已经死了。

好在，当夜汪九在麻袋内被人打得血肉模糊，无人辨出他是汪九，草草地被扔到盐河大堤上，没几天就被野狗给撕没了。


后来，也就是沈老爷跟着"老蒋"的队伍逃到台湾以后，他对汪九那晚能帮他脱险，一直心存感激。

可，再后来，当沈老爷听说那晚汪九趁机偷睡了他的爱妾小翠时，沈老爷陡然恨上了汪九个坏东西。

《小小说选刊》2017年第19期
《小小说月刊》2018年第2期

# 奇标

一夜大雪。

盐河口的河堤变胖了，河道却瘦了许多。码头上原本云梯一样雄壮的石阶，一夜之间被暄腾腾的积雪给填平，瞬间失去了它往日的威武与雄壮。河湾里停泊的渔船，与流动的河水，不经意间构成了一幅天然的水墨画。

清晨，赶海的人，走进那"画"里，走近小武家的油条摊点，丝毫没有察觉出什么异样。可前来购买油条的食客，远远地看到小武家茅屋的门窗未开，就猜到那小两口因为雪天，故意把生意给停了，相继离开。快晌午时，旁边做豆腐卷的一个婆子看他们还没有开门，感觉蹊跷，跑过来观望，发现小武家的房门是在屋内插上的，便站在门外连声喊叫：

"小武——"

"小武媳妇——"

屋内，一点反应都没有。那婆子就觉得不对了，慌忙喊来路人，推门一看，小武与媳妇双双死在屋里了——煤气中毒。

入冬以后，那对小夫妻每晚都把他们炸油条的炭炉子搬到屋里取暖，侥幸地躲过一个又一个危险之夜。可昨夜大雪，原本四处漏风的小茅屋，被积雪封堵严实了，年纪尚轻的一对小两口，就这样双双撒手西去。

噩耗传至他们沭阳老家，小武的父亲，一个胡须都花白了的老人，领着一个约莫四五岁的小男孩，踏着尚未融化的雪水赶来。那孩子名叫小宝，很显然，他是死者的遗孤。爷爷在小宝的头上扎一块白孝布，孩子不明事理，来回扯着白孝布上的布丝丝缠在他小手上玩耍。

其间，爷爷怕地上的雪水打湿孩子裤脚，一直把小宝抱在怀里，见有人来，爷爷就把小宝放在地上，叫他给人家磕头。

小宝不知道磕头是干啥的，但他很听话，爷爷叫他给谁磕头，他就跪在一个草团子上给人家点点小脑袋。想必，那都是爷爷事前教过他的。

这爷孙俩是来收尸的。

盐区到沭阳有一百多里路。有几个沭阳同乡，在小宝的爷爷到来之前，就已经扯来白布、买来芦席，开始张罗小宝父母的后事。他们准备帮助小宝的爷爷，把小宝父母的尸骨运回沭阳老家。

但是，不管怎样揣摩，最终仍有一些奇异的标志，难以找到下家。比如一片树叶、两个叉叉、三滴水珠，这些都很难对号入座。

周边，几家一起做生意的，念及往日与小宝父母相熟相亲的情意，相互间也都凑了份子。有几户人家，之前赊了小宝父母的油条，此时，都主动把钱给送来了。

小宝的爷爷让小宝给他们磕头，人家却抱起小宝，说："小宝的父母当初是有记账的。"言外之意，让小宝的爷爷翻翻账本，查看他们所兑付的款数对不对。可他们并不知道小宝的父母不识字。

尽管如此，小宝的爷爷在众人的帮助下，还是在门后的墙壁上，找到一个用各种符号做的"账本"。如隔壁开米粥的来还钱，墙体上便能找到两个方格格叠加在一起，以此表明他们是门挨门的邻居。

这样一来，依此查找到很多欠账人。比如，一个圆圈里面点着三个小点儿，大家当即想到是西街烧茶水的胡三麻子。那人脸上的麻点虽说不止三个，可他在兄弟间排行老三，外号就叫三麻子。一道竖杠，外加一个月牙似的半圆圈，很明显就是摆瓜子摊的陈瘸子。陈瘸子平时走道就是那个样子，往前迈一步后，另一条罗圈腿悬在半空，总要画一个半圆后，才能歪下身子，将那条罗圈腿轻点在地面上。

顺着这个思路，大家把"十"字花，想到是教堂里的牧师或开药铺的大夫；把四个图钉，想到是掌鞋的侯四；把几个圆圈叠加，想到是旁边一户做大饼、卖火烧的，等等。

但是，不管怎样揣摩，最终仍有一些奇异的标志，难以找到下家。比如一片树叶、两个叉叉、三滴水珠，这些都很难对号入座。

其中，有一个屠刀标志的图案，有人说那是杀狗的王秃子。但这个推测，很快又被推翻，因为，王秃子杀狗时，一刀子捅进狗的胸腔里，无须在屠刀周边，如同炸礼花一样再点上几个点儿，以示血迹喷溅的模样。大家推断，只有西大街耍劈刀子的杨八，才会摆弄那样诳人的把戏。

杨八，自称杨爷，盐区有名的无赖。每逢集日，他便手持一把明晃晃的刀子，死皮赖脸地凑到各家摊铺前，知道他底细的，赶紧赏他两个铜板，打发其走开。否则，他手中的刀，直往自个儿脑门上扎，甩得你摊铺上到处都是鲜血，让你无法做买卖。

想必，小宝父母也曾遭遇过类似打劫。由此，想起用喷血的屠刀做标记，后面一道一道篱笆墙似的竖杠杠，记录下被劫走的油条数。

有人建议，去找他杨八讨要。理由是，小宝父母都已经死了，还怕他杨八不成。但是，了解杨八的人，还是建议不要与他硬碰硬，只让小宝爷爷领着小宝，假装没看到那墙上的图标，随便问问他杨八，是否欠过小宝家油条钱。对方若真是认账，那很好；要是耍无赖，也就罢了。

小宝爷爷按照大家的说辞，领着小宝，找到那个整天混迹于盐河码头上的杨八。

岂料，杨八一听，当场就不干了，他顺手摸出腰间的刀子，用刀尖指着他自个儿的鼻尖儿，怒视着小宝的爷爷，大声吼道："你说什么，我吃过你们家的油条没付钱？你再给我杨爷说一遍！"

小宝的爷爷看杨八那凶神恶煞的架势，生怕吓着孩子，当即抱起小宝，调头走开了。

　　两天后，小宝父母的尸体被打成两个席包往沭阳老家送，路过西大街，恰逢集日，好多摊贩把街面给占了。杨八见状，当即挥舞起手中的刀子，主动为送葬的队伍，清理出一条宽敞的通道。

　　当下，有人感叹，说杨八总算做了件人事。也有人说，那是他吃了人家迷心的油条，而良心发现。

《微型小说选刊》2019年第3期

## 墨杀

盐河大堤上，前来送亲的队伍，一路颠着花轿，向盐区这边走来。等那送亲的队伍在村头的大石桥上燃放炮仗时，新郎家这边也礼节性地燃起一挂小鞭，将新娘及送亲的队伍迎进村来。

可真到了新郎家门口，轿夫们偏不让新娘下花轿。他们围在花轿周边，一来是保护好金枝玉叶的新嫁娘；二来是等新郎官前来送喜钱。

送喜钱，也叫闹喜钱。看似是犒劳轿夫们一路肩扛手提的皮肉之苦，实则是彰显新娘的身价与娇贵，同时，也是轿夫们与男方家一个实物对接的过程。

可今天，新郎曹少伍在众人的拥簇下，前来迎接他的新娘时，大致地看了看前后红彤彤的嫁妆，转身吩咐身旁的管家，说："把这些桌椅板凳，都抬到后花园的花棚去。"言外之意，他们家正厅里，不需要这些物件儿。这个结果，对于花轿里的新娘和前来送亲的轿夫们，不亚于当头浇了一瓢冷水。

刹那间，送亲的轿夫们，没了讨要喜钱的兴致，一个个木木呆呆地闪到一边，唯有沿途撒喜钱、分喜糖的"喜事佬"，他从新娘的一个小橱柜里，摸出一把红布包裹的核桃锤儿，递给新郎官，说："这东西是金子的。"提醒对方，此物件儿金贵而又实用。

新郎官接过那把内凹外圆的核桃锤，翻转在手中看了两眼，随手递给身边的管家，算是留下了。其余的陪嫁物儿，一概抬进后花园，充当了摆放花盆的花架子。

那一刻，尚未下轿的刘小婉，已在花轿中捂着香巾，泣滢滢地哭了。

刘曹两家联姻，是九年前约定的。

那时间，曹家父亲在盐区卖布，刘小婉的父亲刘顺昌在街口一所私塾学堂里教书。课间或午后放学的时候，刘顺昌常到曹家布摊上观看那些薄如蝉翼的花旗布。一来两往，俩人熟了，有意无意间，扯到儿女情长，便口头约定了儿女亲家。

孰知，九年过去，刘顺昌仍然是个乡间教书匠，而曹家父子却靠倒腾盐的买卖发了财。前后三五年的光景，曹家便刘顺昌只挑起一块墨锭，并顺手一瓣两半，留一块于手中，且端详了半天，说：「有这半块，就足够了。」说完，刘顺昌转身走了。

跻身了盐区的豪门之列。与刘家结缘的曹家大公子，此时身在当地盐税局就职，名下却挂着城里祥和园布庄和燕尾港两侧上百顷盐田。他家里吃的、用的、玩的，都是细软的物件儿。用当今的话说，全是国际大品牌。所以，此番曹家大公子看不上刘家陪送的那些做工粗糙的嫁妆，也在情理之中。

新娘刘小婉来到曹家，一度遭劫遇冷。

后期，曹公子又在城里娶了新太太，气愤至极的刘小婉，便选在一个风雨交加之夜，死在了曹家。

此事，传至刘家，刘家上下，一片号啕，唯有做父亲的刘顺昌，他木呆呆地站在当院一棵繁花谢尽的桃树旁，许久，愣是一滴眼泪没掉。有人说，那一刻，刘顺昌的泪水，都流到心里了。女儿的婚事，是他一手包办的。到头来，落得这样一个悲惨的结局，他能不心痛吗？

三天后，曹刘两家处理完刘小婉的丧事。刘顺昌找到曹家父子，不愠不火地说："女儿没给你们曹家留下一男半女，便撒手人寰，从此，我们刘曹两家也就断了念想。"

说完，刘顺昌转身要走。曹家老父，却急忙呵斥儿子，说："多给你岳父一些养老钱。"

刘顺昌面对曹家呈送的金银珠宝，一概没要，但他压低了嗓音，看似挺温和地问身旁的女婿："家中，可有上乘的墨锭？"

女婿恍然大悟，岳父是个教书匠，一生酷爱习文弄墨。

遂派家丁买来上好的文房四宝。刘顺昌只挑起一块墨锭，并顺手一掰两半，留一半于手中，且端详了半天，说："有这半块，就足够了。"说完，刘顺昌转身走了。

曹家人看着刘顺昌远去的背影，一颗悬着的心，总算放下了。几天来，曹府上下，生怕刘家人会大闹丧事，没料到刘家是书香门第，没打没闹，只讨去半块墨锭，这事情就算了结了。

然而，事隔半月，曹家却意外地接到一份催要军饷的帖子，说是前方战事告急，指定曹家出三千大洋，否则，军法伺候。落款是盘踞在淮河两岸的一个军阀。此人手中掌握枪把子，曹家人不敢怠慢，七凑八凑，总算在三天之内，把三千大洋呈上了。

不料，两周过后，又一份催要军饷的帖子到了。这回是个死帖，开价六千大洋，时间是两天之内交上，否则，提头来见。

曹家老父亲料定事态复杂了，他问儿子："你在外面，是否结了仇家？"在曹父看来，前回催要三千大洋，就是不祥之兆。这一回，催要六千大洋，分明是来逼命的。

儿子抱头想了半天，也没想出得罪过什么人。

父亲问他："你岳丈那边呢？"

儿子说："我送他金银珠宝，他一概没要，只要了半块墨锭。"

父亲一拍大腿，说："这就对了！你想想你岳丈是干啥的，人家是个秀才，桃李满天下呀！他拿走你半块墨锭，就是明着告诉你，要写状子告你。"

事实，正是如此。刘顺昌就用那半块墨锭，给他从军的学生写信，字字见血地诉说其爱女冤死于曹家。这才有了上面接二连三的报复。

《小小说选刊》2017年第22期

# 吃鱼

盐河下游，有一条支流叫烧香河。

烧香河，是渔家女人的相思河、招魂河。

旧时，盐区好多船夫与妻儿老小在烧香河边一声道别，便一去不复返了——渔民们海上打鱼，命悬一线，遇上不可抵御的风浪，瞬间便船毁人亡。家人们来河边烧一炷高香，就算是告慰亡灵了。

烧香河由此而得名。

烧香河上有道烧香桥，木头的，南北朝向，桥面不宽，推盐的独轮车和官府的"两人抬"，可顺畅通过。桥两边设有过膝高的护栏。赶海的人，把鞋子、裤子脱在桥上，备用的食物系上护栏，便可在此处下海踩贝、捉蟹、网虾，追逐滩涂上那些蹦蹦跳跳的海狗鱼儿。接海的人，站在桥上，面对波涛翻滚的大海，可早早地眺望到哪是他们家的渔船，哪只船上有他们自家的亲人。顽皮的孩童，则戏闹着站在桥上，扒开裤子，冲着护栏的空档往河里撒尿。有时，几个孩子还故意站成一排，赛谁尿得远呢。

桥南首，有一家出售香火的茅屋小店。乍一看，那茅屋淹没在四野青翠的芦苇荡里，如同茫茫大海中飘荡的一艘小船。店内，卖红烛、卖纸人纸马、卖祭奠亡灵用的黄冥纸，还有小孩子们喜食的花生糖、芝麻糖、牛角菱角，以及羊屎蛋蛋一样的干黑枣儿。茅店后面，拓展出一个较为宽敞的院落，散养着鸡鸭和一条扣在绳索上的狗，另建几间更为低矮的泥墙茅屋，并巧借烧香河之名，挂出一个狗牙幌子——香河客栈。

既是客栈，必有客来。

南来北往的盐贩子、鱼贩子，以及在海上漂泊了数日的船工们，上岸来想打打牙祭，或是长途跋涉至此，且为次日清晨要到烧香河码头乘船远行的过客，夜色中看到漫无边际的芦苇深处闪烁着一处灯火，联想到那里有大碗烈酒和热水泡脚，心头顿时便会涌起一股暖流。

是日，晚间。客栈里来了爷孙俩，听口音，他们是盐河以北的侉子，或许是在芦苇荡里迷了路，进店时，祖孙两人的脚上沾满了烂泥枯叶。孩子有十一二岁，像是受了什么委屈似的，白嫩的小脸上挂着泪痕。

老板娘从他们的穿戴上，感觉那祖孙两人像是一对落难的叫花子。引他们入座时，没把他们当作什么贵客，就让他们坐在柜台边一张"脸对脸"的小餐桌上。孩子的目光，就此盯上了柜台后面五颜六色的货架。

想必，那孩子是饿了。

爷爷看懂了孙子的眼神，悄声跟孙子说："我们马上吃饭啦。"

随后，爷爷喊过老板娘，问："此处都有什么吃的？"

老板娘报出一串菜名，大都与海鲜有关。海边的餐馆，烧鱼、炒虾，自然是当头菜。

孩子却猛不丁地冒出一句，说："我要吃肉！"且，指明了要吃"扒条肉"。

爷爷唬住孩子，说："这里不是家里，哪有什么扒条肉！"

爷爷问老板娘："你们这里的拿手菜是什么？"

老板娘报出："杂鱼锅贴。"

老板娘所说的杂鱼锅贴，就是把各种海鱼混搭在一起，葱、姜、蒜腌制，热油炸锅，凉水氽汤，待大火烧开后，锅边贴上黄酥酥的玉米饼子。之后，慢火炖至饼子焦黄熟透，鱼的鲜味恰好也融入饼子之中。吃时，连锅端到桌上。

老板娘介绍这道菜时，说："这是我们这里的招牌菜，既可当菜，又可当饭的……"

爷爷当即表态："那就杂鱼锅贴吧。"

一语未了，老板娘便扯起嗓子，冲着后厨高喊一声："杂——鱼——锅——贴！"

紧接着，就听后厨锅勺响动。

时候不大，一个秃顶的男人，双手用毛巾包着锅耳，将一道还在"咕嘟嘟"翻响的杂鱼锅贴端上桌来。锅内，蒸腾已久的一团热气，随着锅盖掀开，如烟似雾，升腾而去。随之映入眼帘的，是锅中诱人的各色鱼块和锅边焦黄的一圈玉米饼子。

那孩子真是饿了，上来就去锅中夹鱼吃，爷爷却眼疾手快地用筷子压住他的小手，悄声说："先吃饼子！"

随之，爷爷做示范，将一块黄酥酥的饼子夹起来，伸进汤汁里蘸了一下，递给孙子时，叫他小口细嚼，别噎着。

爷爷同样也是那样的吃法。

爷爷的这个教法与吃法，不经意间被一旁的店老板看到了。海边的盐工汉子，吃这道菜时，总是鱼饼混搭，而这对祖孙，偏偏先吃饼子，后吃鱼。一问原因，店老板震惊了！人家给出的理由是——饥不食鱼。

鱼，多刺之物，饥食之，必有囫囵吞咽之念，极易被鱼刺卡住喉咙。如果，略饱以后，再食鱼，其进食的速度自然会减慢，那样，一边挑其刺，一边品其鱼肉之鲜香，可避免鱼刺卡喉之险。

店老板听后，当即立起大拇指赞叹！暗中却思量这对祖孙，并非素食百姓。

当晚，店老板一面安排他们住下；一面指派婆娘，连夜去盐区八路军联络处通报情况。

时值1947年秋，国军在山东战场上溃败，许多逃兵及"随蒋"的土豪劣绅，纷纷随"老蒋"的队伍南下。而通江达海的盐河码头，自然便是他们出逃的跳板之一。

可那对祖孙，怎么也不会想到，一道杂鱼锅贴的吃法，暴露出他们非同凡响的身世。

后经查实，那祖孙二人，是山东郯城头号大地主郭大富与他的宝贝孙子。他们此番来盐区，目的是想借此地渔船逃往台湾。

而今，半个多世纪过去了，郭大富当年在盐区吃鱼被抓一事，已没有多少人记得，但是，他的食鱼之道，却被盐区人沿用至今。

时下，在盐区的各大宾馆、饭店，哪怕是乡间普通的农家喜宴上，最后上桌的一盘菜，必定是一道多刺的鱼。

《微型小说选刊》2019年第4期

# 头柜

外乡人来盐区看病抓药，打听天成大药房在哪。对方告诉你顺着盐河边的柳荫道向西走，或是往东去，再左拐、右拐，看到房檐下高悬一块黑底蓝字的牌匾，那就是天成大药房。

问路的人听了半天，还觉得迷糊。

对方便急了，踮起脚尖，指着远处一栋"冒高"的红楼房，说："看到了吧，那边有栋小红楼。"

天成大药房紧挨着那栋小红楼。但是，它们不是一家的。

"天成"属于大盐商吴三才。而小红楼则是杨鸿泰家的大公子折腾起来。

晚清时，杨家的大公子在德州府做官。

杨家没建那小红楼之前，外面来人打听杨府，指路的人，总会让你奔着"药房"去，惹得客人心里堵得慌，杨家人也觉得郁闷。

而今，杨家的红楼矗立在盐区青砖黛瓦间，可谓鹤立鸡群，杨府里再有客人来，自然都是奔着"红楼"而去。而"天成"的名气虽被"红楼"给"踩"下去了，可在"红楼"的映衬下，"天成"生意愈加火红。

你想啊，红楼的地标建筑如此显眼，前来盐区寻医问诊的患者，奔着"红楼"去，自然就找到了"天成"。这在那个尚不知"广告"为何物的年代，"天成"是何等受益。

而坐守"红楼"的杨家，整天看到南来北往的投医者打门前走过，陡生开店问诊之念，就地办起一家名曰"康乐"的大药房，与隔壁的"天成"，悄然拉开了竞争态势。可"天成"是百年老店，压根儿没把个"乳臭未干"的"康乐"放在眼里。

"天成"里的生意，由头柜德昌把持着。

头柜，也称大先生。但凡是大先生，都是坐诊把脉的高手。

可德昌这位大先生，医术并不高明。他的能耐是善于用人，且很会揣摩人的心思，三岁小孩哭着抱进店来，他都有招数把孩子给逗乐了。颇为经典的一例是，他用一对小酒杯，与孩子玩"碰杯"的把戏，愣是哄着孩子把苦叽叽的汤药当酒一样给喝了。这在"天成"，曾一度传为美谈。

东家很看重德昌，有事派人传个话来，德昌上天入地，也要把东家的事情办好。所以，东家很少到店内来。但是，东家的名字，每年会在店内出现几次。比如年底分红及店内人员晋升，店门外的告示栏里就会贴出一张大红纸，上书：经店内举荐，某某某即日起，晋升"天成"的三柜，或二柜，特此告知，落款：吴三才。

那张看似与头柜无关的"告示"，实则与德昌有着很大的关系。细心的人，从"店内举荐"四个字上，总能咂摸出其中的味道。

事实上，店内的大小事务，全是德昌说了算，可他又像个局外人，凡事都把东家的名号列在前面。每隔一段时间，店内就会有一批人员得到奖惩或某项工作的变动，这些，显然都是德昌到东家那边汇报的结果。

可有时东家会把德昌的意图理解反了。比如店里有个碾药的小娘子，对三柜有点暧昧，德昌向东家汇报这事时，没说三柜什么事，只说那小娘子乐于助人，主动帮助三柜做些缝缝补补的活计，建议东家嘉奖那个乐于助人的小娘子。结果可好，弄得三柜被贬为助柜不说，那小娘子也被弄到后厨淘米洗菜去了。

好在德昌那人善于忍耐。东家高兴，他就高兴；东家不高兴时，他也跟着不高兴。平日里，德昌在吴家大院里行走，无论是见到老爷、太太、丫鬟，还是吴家的某位老妈子，他都会弯下腰来赔个笑脸。更为谦恭的是，黑夜里，德昌一个人走在吴家的院子里，他脸上都会挂着微笑，生怕猛然间遇上老爷家的什么人来不及施乐儿。

德昌脸上的笑容，已经职业化了。店里新来的伙计犯了事，要挨板子时，他会笑着说："去吧，去长点记性。"

好像挨板子是什么喜庆事似的。

德昌十几岁就在店里做跑堂，一路攀升至头柜，自有他才智过人的一面。

几十年来，德昌作为"天成"里的大先生，无论他采取怎样的手段把持着"天成"，天成都是一派繁荣。现如今，"天成"的隔壁，忽而多出一家"康乐"来抗衡，两边一比较，"天成"的弊端，便一点一点地显露出来。

但凡在"天成"这边受过处分，被降级使用的二柜、三柜，投靠到隔壁"康乐"去，都是独当一面的能手、高手。

刚开始，东家没太在意这事，可等他发现自家的"天成"一天不如一天；而隔壁的"康乐"又一天比一天火红时，东家忽然觉得"天成"这边该找找原因了。

于是，民国二十几年，恰逢西医在盐区盛行，东家借这个当口，重金聘来一位留学东洋的西医坐诊，其目的，就是要逼头柜让位。而善于察言观色的德昌，很快意识到这个问题，他主动向东家提出辞呈。

可偏偏就在这个节骨眼上，那个脸很白、手也很白的西洋医生，不知怎么迷上了东家的四姨太，这让东家十分恼火，当即辞退了那家伙。

此后，德昌临危受命，又在头柜的位子上坐了很长一段时间。

后来，听内部人说，当初那位西洋医生主持"天成"时，并没有像外面传言的那样花哨，好多情话，都是头柜德昌自编自导出来的。

《北方文学》2018年第9期

# 奴才

挺滑稽呢，大太太喊他来，他鼻翼两边挂着两坨灰，如同戏剧舞台上甩着水袖，伴在主子左右的小丑，慌里慌张地就跑来了。可当他真的来到大太太的后院，又不急着去见大太太了，而是站在院子里喊翠儿。

"翠儿，翠——"

翠儿是大太太房里的丫头。他喊翠儿，自然就是告诉大太太他已经来了，看大太太有什么事情要吩咐他。

翠儿手握一卷封窗户用的白砂纸，闪身出来，一看他鼻翼两边的灰坨坨，还认为是只黑蝴蝶落在他鼻梁上呢，想必他刚才抓木炭时，顺手又去摸鼻子了。翠儿当即捂着嘴巴乐。翠儿说："你个死大臣，快去把脸洗洗，再来帮太太封窗户。"

他叫大成，并非大臣。一个长年在财主家扛活的老奴才，怎么能与宫廷里的权贵大臣相提并论？他只怕连大臣为何意都不懂。可同样在财主家做奴仆的翠儿，偏偏就把个"大臣，大臣"喊在嘴上。

"大臣，大臣——"

"大——臣！"

刚刚还在太太房里镶楣窗的大成，怎么一出门就跑没影了呢？太太还有事情吩咐他呢。

翠儿踮起脚尖，站在廊檐下的石台上，张开红红的小口喊他回来。

"个死大成，还大臣呢，比太监跑得都快。"翠儿气鼓鼓地来到南门外的场院里，自然是找到了正在劈柴火的大成。

翠儿隔远里喊他："大臣，大臣——"

大成听到了，但他故意装作没听见。大成想等翠儿走近了，跟她逗个乐儿。

翠儿呢，走到跟前了，仍然骂他："个死大臣。"翠儿告诉他，"今晚，老爷要回来。"

后面的话，翠儿没有细说，大成自然就知道了：接下来，他要为老爷准备火盆子。

大成木呆呆地看着翠儿远去的背影，忽而放下手中的斧子，学起翠儿走道的样子，自娱自乐地扭了两步，又怕翠儿猛然回头看见，赶忙收住脸上滑稽的笑容，开始为老爷准备大成呆呆地看着翠儿远去的背影，忽而放下手中的斧子，学起翠儿走道的样子，自娱自乐地扭了两步，又怕翠儿猛然回头看见，赶忙收住脸上滑稽的笑容，开始为老爷准备晚间烤火用的火盆子。

晚间烤火用的火盆子。

平日里，大成在远离宅院的水塘边，燃起一堆篝火，将那些劈开的木柴，架在火上烧至烟雾散尽时，用火钳子将它们从火堆中夹出来，插入旁边的池塘，"呜——"地一团水汽从池塘里升腾起来，原本燃烧正旺的木柴，瞬间便在水中熄灭了。

可那时，木柴周边的水还在沸腾，乍一看，像是池塘里的水把刚刚已经熄灭了的木柴又给点燃了，其实是木柴本身的余热，把周边的水给烧沸腾了。

大成把那块在水中焖熄了的木柴抽出来，一块无烟的木炭，就算烧制完成。

改日，也就是现在，冷空气南下，老爷需要火盆取暖，太太、姨太们需要用脚炉、手炉时，大成平时烧好的木炭便被一一派上用场。

老爷年岁大了，本身的火力又不是太旺，他喜欢用火盆把房间内烘烤得暖暖和和的，以便他舒张筋骨。再者，老爷在太太、姨太房里过夜时，难免要行房事，那样的时候，老爷与他的姨太们起上爬下的，房间里不弄暖和点哪行呀。所以，老爷当晚要到哪位姨太房里过夜，大成就会根据老爷的意思，把火盆送过去。

之后，大成就不能再进那房里了。

后面的事，全是翠儿去做。翠儿虽是府上的丫头，也是老爷贴心的"小靠背"，时而，老爷也在翠儿的房里过夜。

大成教给翠儿，若是火盆里的火苗不旺，就用拨火板——一个装有木柄的长铁片片，沿着火盆的边口，深深地扎入火盆底部，再轻轻地往上挑一下，盆内没有燃尽的木炭被松动以后，很快就会燃起另一番热浪。有时，拨过的火盆，还会有红彤彤的火苗往上蹿呢。

大成把这些烧火盆的窍门教给翠儿时，他本人显然是反复试过的。有时，大成给姨太们把火盆燃旺以后，并不急着给她们送去，而是以"试火"为名，把火盆端到他自己的小茅棚里去烧上一阵子。那时刻，在大成看来，他就是老爷，正享受着与姨太们的火盆之欢呢。

今夜，老爷要回来，恰逢风雪天，尖尖的小北风，裹着"沙拉拉"的雪粒儿，打在檐口的瓦片上、当院的假山石上"噼叭"乱蹦，让原本就很冷的夜晚更加寒冷了。

入夜，府内一片宁静。

老爷在南门外下马车时，早就在场院小茅棚里静候的大成，听到外面"哒、哒"的马蹄声，猜到是老爷回来了，慌忙从茅棚里跑出来，迎上老爷，问："今晚的火盆，送到哪房去？"

此时，天空正飘雪。

老爷抄起胸前的围巾，往后一甩，正好把嘴巴围上了，支吾一句，说："端到翠儿房里吧！"说完，老爷单手捏提着长衫，头都没回地一步一步，迈上门前的台阶，直奔后院去了。

大成看着老爷远去的背影，回头看看马夫也走了，他一个人站在雪地里，想到今夜老爷要与翠儿睡在一起了，忽而心生杂念，莫名其妙地学起老爷甩围巾的样子，空手往后一抖，自言自语地说：

"端到翠儿房里吧！"

随后，他在空荡荡的场院里，学起老爷的步态，亦步亦趋走到他的小茅棚跟前，自己对自己说："翠儿，开门！"

那声腔、那架势，好像今夜与翠儿睡在一起的不是老爷，而是他个奴才——大成。

《北方文学》2018年第9期

# 听戏

冬日里的晨光，如同小猫那粉嫩的舌头，悄无声息地伸进窗来，温温和和地照耀到大太太的东厢房里。翠儿在给大太太收拾床铺时，所弹起的那些细小的尘埃与皮屑，如同一群没头没脑的小飞虫，在窗棂的光束里，上下飞舞。

翠儿先前是大太太房里的丫鬟，眼下虽然与老爷圆了房，成了沈家名副其实的小姨太，可她做惯了大太太房里的事，大太太也用熟了翠儿，凡事还要喊着翠儿。

今儿，翠儿是来给大太太换枕巾的。新来的那个小丫头，只知道打理大太太床头的果壳和落在枕边的发丝，怎么就不晓得把大太太的枕巾给换换呢？翠儿正埋怨旁边那个看似还很拘谨的小丫头，忽而听到大门外传来一阵铜锣、竹板的响声。

是唱门的来了。

每年冬闲的这个时候，各地耍猴的、卖唱的，都会拥到盐区这流金淌银的地儿来。他们中有夫妻搭档，也有兄妹、姑嫂或父子联手的，三三两两，走街串巷，或敲铜锣、打竹板，或拉二胡、弹三弦、扭腰鼓，上门说唱《挂红灯》《拜大年》《赶巧脚》等喜庆、吉祥的唱词，讨得主家欢心，赏他们几个铜钱；也有戏班子，在街口拉开场地，搭起台子，连唱几天几夜大戏的。

翠儿听到门外锣鼓家什响，还像个孩子似的想去看热闹。她指着大太太那尚未收整完的被褥，教给旁边那个小丫头，转身欲走。

忽而，翠儿看到大太太正端坐在门口那束暖洋洋的阳光里，很是入神地抚弄怀里那只百依百顺的猫。

翠儿情不自禁地打住脚步。

大太太仍旧抚弄她怀里的猫。可此时，大太太已经看到慌里慌张的翠儿了。大太太只轻"哼"了一声，翠儿就乱了方寸。

大太太没好说，你现在孬好也是沈家的姨太了，怎么还像个丫头似的，风风火火地四处乱跑呢？凡事，要守规矩才行。

大太太问翠儿："想瞧戏了？"

翠儿站在大太太跟前，半天没敢吭声。末了，她冲大太太默默地点点头。

大太太知道，眼下冬闲了，街面上各地唱戏的戏班子都来了，是该给后院的女眷们讨个乐子。

于是，大太太跟翠儿说："你去前院传话，让各路戏班子，来我这里说说他们今年都带来什么戏。"

大太太说的去前院传话，就是去告诉管家。

接下来几天，就看管家一早一晚地领来各地戏班的"班主"，前往大太太的房里说戏。

他们中，有唱山东吕剧、河南豫剧、河北梆子、徐州柳琴的，还有唱淮阴、沭阳一带地方戏曲的。尽管都是些草台班子，可他们各自带着整套的锣鼓家什，赶着车马，穿着鲜艳的戏装登场。饶有情趣的是，每个戏班子里头，都会有那么一两个唱腔好、身段好、长相好的青衣、花旦，招引着盐区那些富得流油的"盐大头"、公子哥们，为她们甩出大把的银钱捧场子。末了，还有人领个戏子回家做妻、当姜的。盐区这边，时而也有轻佻的女人，跟那戏中的花脸、刀马旦厮混到一起。这期间，最为体面的，就是把戏班子领到自家去演，以彰显其家境殷实和主人家显赫的地位。

大太太请人来说戏，就是要把戏班子，请到她家里来演。

前几年，每到冬闲时，沈老爷都要把戏班子请到自家来演。有时，还下请柬，把县党部的官员，请到家中来，一面吃酒，一面赏戏呢。而今，沈老爷在城里娶了四姨太，那些场面上的事儿，沈老爷大都在城里四姨太那边张罗了，所以，盐区这边，略显冷清。

大太太不甘寂寞，仍然要按往年的路子走。她派人去城里跟沈老爷说，要在盐区这边请一场大戏来家中乐一乐。沈老爷自然不会干涉，但选戏、看戏的事，沈老爷没再过多掺和。

岂不知，大太太选戏时没有方略。前来说戏的人，被她送走了一拨，又请来一拨，大太太不是嫌人家唱词太闹了，就是说人家剧中的故事过于花哨。比如河北梆子，唱腔高亢，她说那是鬼哭狼嚎；比如《拾玉镯》《跳花墙》这两出戏中，有那么几处打情骂俏，她说那太不成体统；再比如《小上坟》《滚席筒》的戏里，虽然没有男欢女爱，她又说戏文里哭哭啼啼的不够吉祥。最后，大太太选了一出欢快的淮海戏《摘石榴》，总算把沭阳的一个戏班子请进家来。

戏台子临时搭建在前院的大门内，演员们在廊檐下化妆，戏台上的出将、入相，巧借了沈家大门里的那面迎宾墙。

看戏的人，原本可以坐在当院的场地里，那样，台上台下，既可以看得清晰，又可以就近鼓掌喝彩，上下互动，热闹一气儿。但因为当晚天气变凉，再加上城里的四姨太和沈老爷临时有事，没能赶来，大太太便与后院的女眷们，一概坐在二道门的门洞里看戏。

沈家那门洞，是前院去后院的一个通道，仅能过一抬两人小轿。大太太说，家中的女眷们，坐在那里看戏，既暖和，又不失体面。

翠儿不晓得大太太要怎样看戏，她听到前院锣鼓家什响，就跑到大太太房里去喊大太太。大太太看翠儿穿着与老爷圆房时的兔毛大衣，转身从衣橱里拽出老爷御寒的一件灰棉袍，让翠儿罩上。

翠儿白皙的小手，拍着胸前那件映衬她红润脸蛋的兔毛大衣，乐滋滋地说："太太，我不冷的！"

大太太脸一沉，说："罩上。"

翠儿虽不情愿，可她还是按大太太的吩咐做了。

回头，看戏时，翠儿反倒没了兴致。大太太一个人端坐在前面门洞口，姨太们依次坐在她的身后，而且是一线儿拉开距离。大太太的那把太师椅，原本就把前面的视线给挡严实了，再加上大太太身旁，一边坐着一个宣茶水、剥坚果的婆子，坐在大太太身后的人，只闻台上唱戏声，难见台上戏中人。


尽管如此，翠儿当晚还是学会了几句唱词。

两天后的一日清晨，翠儿给大太太梳头时，情不自禁地用后嗓的余音，哼唱了一句："姐在南园摘石榴，哪一个讨债鬼隔墙砸砖头……"

大太太看着镜子里的翠儿，冷冷地白她一眼，说："没个正经的！"

# 赌种

送葬的队伍，很像是盐河的一道支流，它自盐区的西大街，一直延伸至盐河湾的滩涂上。其间，有人打送葬的队伍里，抱出一个身着孝袍的男孩，那是死者的遗孤，名叫张晨。而抱紧那个男孩的男人，是张晨的舅舅。眼下，他是张晨唯一的亲人。

时值仲秋，旷野里的风很硬，刮在人们的脸上，如同往人脸上捂砂砾一样难受，让人总想眯上眼睛或缩紧领口。张晨的舅舅在大风中，解开胸前的衣扣，裹紧了尚不满四岁的张晨。

当时，张晨的小手中，正拿着一片年糕。凉呼呼的秋风里，那片原本软糯的年糕，已经僵硬了。是谁想出让孩子在大风天里拿着那片年糕？或许是想哄住他不哭不闹。现在，舅舅把他揽入怀中，怕他小手中那块油脂一样的年糕，粘抹到他的大衣上，想给哄下来扔掉，可张晨"哼叽哼叽"地不让。

舅舅依了张晨。舅舅跟张晨说："咱们去找摇摇吧。"

摇摇是舅舅家的小表哥，跟张晨差不多大。

张晨不说啥，他伏在舅舅的肩头，歪着小脑袋，半天咬一小口那块云片状的年糕。看样子，这几天家中死了大人，没人顾及孩子。此刻，那孩子一定是饿坏了！

快进家门时，舅舅扯下张晨头上、身上的白孝帽和白孝布。在舅舅看来，现在到了他的家，没必要再让孩子裹着孝了。舅舅告诉张晨："以后，咱晨晨就在舅舅家不走了，昂！"

张晨吧唧着红红的小嘴巴，有滋有味地嚼着口中的年糕，压根儿就没听到舅舅跟他说什么。

可那时，舅舅真的想跟张晨说点什么，可说什么呢？告诉张晨，他的父母，双双死于一场赌后搏斗。可那惨烈、血腥的一幕，说给一个尚不满四岁的孩子，他能听懂吗？所以，舅舅还是强忍住心中的悲痛，抱紧张晨，回到家中。

舅舅要收留这个无爹无妈的外甥。

张晨呢，也不认生，进了舅家，看到小表哥正在门厅的过道里骑木马，当即扔掉手中吃了大半的年糕片，从舅舅的怀里挣脱下来，上去就把小表哥推到一边，自个儿骑到那前后摇晃、恰似奔跑的小木马上，惹得舅舅家的小表哥，滚在地上放声大哭。

张晨的舅舅家，也是盐区的大户。

张晨在舅舅家，与小表哥一起玩耍，一天天长大，约莫六岁半的时候，舅舅送张晨与小表哥到南书房读书。也就在那期间，舅舅带着张晨，回过他们老张家的故居一趟。

当时，舅舅已经把张晨家的祖宅，租给一户"镇江客"开染房。

张晨跨进院子，看到满院子排列整齐的大缸和天井里扯成云朵一样的布匹，感觉蛮好玩的。舅舅却没关心那些朝天洞开的一口口大染缸和那些迎风招展的布匹。

舅舅在当院的一处石桌前坐下，招手喊过已经跑出老远的张晨，让他坐到石桌前。舅舅一字一句地告诉张晨，说："眼前这个大家院儿，都是你们老张家的。"说这话的时候，舅舅从怀里掏出他们老张家的地契，铺展在石桌上，让张晨认认真真地看，目的，就是想告诫张晨，他老张家这套宅院，流着血与泪，希望他张晨长大后，决不能像他父亲那样，染上赌博的恶习。

可舅舅怎么也没有料到，他那个外甥，天生就是赌徒的种。他自小与小表哥捉迷藏，总是要往犄角旮旯儿的死角里躲藏，让小表哥怎么也找不到他；稍大一点，会玩"石头、剪刀、布"时，小表哥手中弄点啥稀罕物儿，转眼就被他赢去了。更为离奇的是，张晨足不出舅家的深宅大院，且从未进过赌场，可他在一次夏日采莲的荷塘边，捡到一枚赌徒们遗弃的骰子，如获至宝，昼夜把玩在手中。直到有一天，舅舅发现他午睡时，手中正攥着那枚残破不全的骰子。舅舅当时就愣住了！

那一刻，舅舅强忍住心中的恼怒，他慢慢地叫醒张晨，一言不发地把他扯到盐河边安虎家那片偌大的竹器场，正言厉色地告诉张晨，说当年他父亲与安虎掷骰子，一夜之间，输掉这片原本是他们老张家的竹器场。转天夜里，张晨的父亲想去"翻水"，再次找到安虎，押上了自家宅院和婆娘，也就是张晨的母亲……

岂不知，谜面揭开，张晨的父亲又输了。

天亮后，安虎带人逼上门来。

张晨的母亲，猜到当夜发生了什么，但她很淡定，告诉安虎，让他们的人，统统滚到大门外面候着去，她要对镜容妆，穿戴整齐了再跟他安虎走。

可谁也没有想到，张晨的母亲"开窗理云鬓，对镜胭脂红"了一番后，竟然悬梁自尽了。

随后，张、安两家，展开搏斗。双方家族中，都有人死在那场搏斗中。

好在，那场搏斗过后，张家的宅院保住了，这是赌场上的规矩——参赌者一旦死去，尚未履行的赌资，瞬间将化为泡影。

现在，舅舅把他们老张家的家底，合盘端给了张晨，以此警示他，从今以后，要彻底铲除赌博的邪念，苦其心志，重振张家大业。

舅舅的这番实地训导，可谓煞费苦心。原认为张晨会就此铭记于心，发奋读书。

岂不知，事与愿违，正值青春期的张晨，逆反心理很重，舅舅越说不能做的事情，他越要去尝试。

舅舅当面把他把玩的骰子，用锤头砸得粉碎，可他心里的骰子，却坚如磐石，以至于他闭上眼睛，都能猜到一个滚动的骰子，突然停住时，是什么谜面朝上，什么谜面朝下。

这期间，南书房里，已经很少见到张晨的身影了。舅舅为此打过、骂过张晨，皆无济于事。

后期，张晨离家出走。

忽一日，张晨归来，双膝跪在舅舅跟前，捧出曾经是他们张家的那片竹器场的地契。

舅舅看着眼前这个赌徒外甥，脸别到一边，好半天没有搭理他。末了，舅舅冷冷地咬出两个字："有种！"遂拂袖而去。

当夜，已经是他张晨名下的竹器场，突然间燃起了熊熊舅舅当面把他把玩的骰子，用锤头砸得粉碎，可他心里的骰子，却坚如磐石，以至于他闭上眼睛，都能猜到一个滚动的骰子，突然停住时，是什么谜面朝上，什么谜面朝下。

大火！十几间装满竹筐、竹篮、竹席子的大库房，瞬间，化为灰烬。

此后，张晨下落不明。


后人说，那场大火是张晨自己点燃的，并葬身火海。

还有知情人讲，张晨压根儿就没有赢回他们家的竹器场。那场大火，纯属于张晨子报父仇所为。


《小小说选刊》2017年第24期

# 浪曲

渔港连四海。

南来北往的船只，云集于繁忙的渔港码头。那些挂着万国旗的商船，带走本地的矿产、药材、牲畜，以及海州湾肥美的鱼虾。同时，也带来异国他乡的稀罕物件儿。如：蒸汽机、发动机、望远镜、打火机、西洋参、怀表、珐琅镜，还有老百姓口口相传的洋油、洋火、洋娃娃等，最早都是通过沿海的口岸，流入内地。

盐区的大户人家，大都在盐河码头上设有客栈，接待舟楫而来的商船以及南来北往的商客。盐河口，最大的一座水上庄园，是大盐商杨鸿泰家的，它建在一片浩渺的水域里，翠绿的芦苇，掩映着一条水上回廊，曲里拐弯地通至湖塘里面的亭台楼阁。春夏时节，蒲柳交柔，绿荫四盖，鸟语花香，行人至此，恰入梦境。

入夜，登上庄园阁楼，盐河万家渔火，尽收眼底！远远近近，倚河而建的塔楼、客栈、饭馆、茶社、歌房，灯火辉煌。盐河里的歌声、涛声，以及茶馆、酒肆里的划拳吆喝声，也能隐隐约约地传到这边。月照极好的夜晚，还可以看到盐河里摇桨的船娘，载着涂脂抹粉的风尘女子与闹酒的船客，一同摇进盐河上游的青纱帐里……

夏季，暑热难耐时，杨府里的老爷、太太、大小姐们，都要组团到庄园里来度夏。秋凉以后，女眷们相继撤了，而杨府里的管家和账房先生还要常住于此，他们帮助东家在此打理事物，迎候南来北往的商客，尤其是下南洋的船队来了以后，要在此处补充供养，同时销售南洋船上捕获的鱼虾。

这年秋天，下南洋的船队回来时，正值杨家四公子的新婚蜜月。杨老太爷派四公子到码头上去监收船上货物。原以为白天去，晚间就能回来，没想到，那一年，下南洋的船队不是一起进港，而是分批归来。有的船只，为赶潮汐，恰好午夜才能靠岸。四公子一去，三天三夜都没能回来。

娘子在家等得心焦！可她是新嫁娘，苦于思念，羞于启齿，只在心里朝思暮盼，始终不见夫君的消息。

这天上午，一个家丁从码头回来，给老太爷带回一块牛眼大的小怀表，说是南洋船上一个洋人送的，四公子派他送回来孝敬老爷子。

杨老太爷看着那块精美的小怀表，"嚓嚓嚓"地跑得欢，喜不自禁地摆在桌上让家人观赏，娘子也围过来看了一阵，回头想问那家丁码头上的事。

谁知，那家丁放下怀表，转身就回去了。娘子猜想，码头上一定是人手少，事务多，四公子一时半会儿，还难能抽身回来。于是，娘子就在丫鬟面前念叨："也不知道四公子在码头上整天瞎忙些啥？"

丫鬟是娘子从娘家那边带过来的，整日伴在娘子身边，娘子的一个眼神，一个手势，她都能猜出娘子的心思。但此刻，丫鬟却跟娘子打趣儿，说："莫不是咱们主子，迷上了盐河的'花船'，忘了家中痴情的娘子。"

娘子笑。

丫鬟话题一转，给娘子出主意，说："咱活人不能让尿憋死，公子不来，咱们就不能过去见他吗？"丫鬟还想说，庄园那边的床铺、被褥，都是现成的。但，那话已到嘴边了，丫鬟又咽回去了，她怕说得太露骨了，撩得娘子脸红耳热。

娘子觉得丫鬟的主意可行。只是猜测，今日夫君应该回来了。娘子掰着指头数了数，夫君离去六天了，说什么今儿也该回来看她了。若是他今日能来，就省得去见他，惹得府上公婆、哥嫂们见笑。

但是，娘子怎么也没料到，那一天，她从头晌盼到午后，仍然没有夫君归来的动向。眼看太阳西去，娘子在屋里坐卧不安。此时，丫鬟可等不及了，她拉开橱柜，找出四公子的几件换身衣裳，说是要给主子送衣服去，扯上娘子，便上了门外的黄包车。

家里人都乐，都知道那是娘子的心思。

可全家上下，谁也没有想到，当晚入夜以后，娘子与丫鬟又匆匆从码头上返回来了。

进门以后，娘子抹着香泪，一言不发地去了后院。丫鬟却告诉家人，说四公子在庄园里放荡——招惹歌妓。

这消息，恰如平地滚惊雷！全家人都为之震惊。

丫鬟说，她与娘子赶到庄园时，天色已晚，原本想给四公子一个惊喜，没想到，走近四公子的窗前，屋内忽而传出风尘女子的浪曲。丫鬟想踢门捉奸，却被娘子拽住，这才有了主仆两人哭着返回的一幕。

杨老太爷一听这事，当即派家人前去捉拿那个胡作非为的逆子。可结果，更是令人咋舌。四公子屋内，哪有什么放荡女子，所谓浪曲，原是四公子刚刚从东洋人手里弄来的一台留声机。

当时，盐区人尚没见过留声机，更无人晓得留声机为何物。四公子猛然间弄来那样一件稀罕物儿，而且是晚间，一个人在屋里播放女人那种娇滴滴的哼唱，娘子与丫鬟在门外一听，可不就是藏奸寻欢的浪曲。

转眼，半个多世纪过去了，杨家那台留声机，作为文物，现收藏于盐区博物馆。而今，每当讲解员带着游客，讲到那台留声机惹出的话柄时，游客们总是掩面而笑。

《安徽文学》2018年第6期

# 十里红妆

沈娘给儿子娶亲时，沈家那宝贝儿子沈维，正在江宁学堂读书。沈娘派人接他回来，给他穿上长衫大褂，戴上插有雁翎的紫红色礼帽，去迎娶盐区吴三才家的小闺女吴梦瑶时，在盐区最豪华的望海楼大饭店，摆了一天一夜的流水席。

沈娘守寡二十年。她为儿子所办的那场婚宴，盛世空前。

而同是盐区大户的吴家，为攀上沈维那样一位有学识的乘龙快婿，送上了十里红妆。梦瑶出嫁当天，送亲的队伍，吹吹打打，浩浩荡荡，抬的抬、扛的扛，金龙起舞一般，蜿蜒数里。所陪送的嫁妆，大至床桌器具、箱笼被褥，小到脚桶果盒、鸟笼埕罐，应有尽有，一应俱全。

婚后，沈维曾一度缠绵于新婚燕尔，犹犹豫豫地不想回校读书。

那时间，日本人已经占据了东三省。国内许多热血青年，纷纷报名参军，保家卫国去了。而沈维偏偏在这个时候，迎娶了他的娇妻吴梦瑶。关键时候，还是梦瑶的一句话，激发了沈维的一腔爱国之情。

梦瑶说："好男儿，志在四方！"

沈维脸红脑热了一番后，拳头一握，夸赞夫人道："说得好！国难当头之时，我身为血性男儿，岂能缠绵于娘子的被窝里。"随后，沈维别离了娇妻、老母。

可，谁能料到，沈维这一去，四年没了音信。

其间，沈娘一直认为他的儿子在江宁学堂读书。直到有一天，一个跑江宁的盐贩子告诉沈娘，说她的儿子跟着孙传芳的队伍打仗去了。沈娘为此一惊！但是，沈娘并不相信这是真的。沈娘跟儿媳梦瑶说，别听他们胡说，咱们家的沈维就在江宁读书，他那么一个文弱书生，怎么会去扛枪打仗呢。可梦瑶告诉娘，江宁学堂早已停办了，也就是说，那个盐贩子所说的话是真的。

当下，沈娘差点晕过去。她想不明白，他那白面书生的儿子，怎么会去当兵打仗。

这以后，沈娘便关注起各地战况。

忽一日，沈娘的儿子穿着一身将校呢，带着一个"军花"来到盐区。沈娘这才知道，儿子在外面又娶了一个女人。她叫杨采西，是沈维陆军大学的同学。

原来，沈维从江宁学堂弃笔从戎以后，投身到陆军大学研读军事。其间，与这位杨小姐产生了爱情。

眼下，杨小姐已怀有身孕。此番，沈维带她回乡，一是拜见高堂，再就是生育腹中的孩子。没想到沈娘闭门不见，她不准儿子及那个身怀六甲的儿媳进门，并派丫鬟传出话去，说她们沈家，要的是媳妇，不要军人。

杨小姐当即脱下军装，与沈维并肩跪在沈宅的大门外，恳求沈娘认领她这个儿媳妇。随后，跟随沈维而来的几十号卫兵，全都陪他们的长官及长官的太太一同跪下了。

沈家丫鬟站在阁楼上观望，看到院门外跪成黄压压一片，赶忙回去禀报。梦瑶得知外面的场景，告诉丫鬟："快去告诉娘。"

显然，在这个家里，一切还是沈娘说了算。

沈娘态度坚决，让儿子休掉那个身着"黄皮"的妖精。

而此时，门外已聚集了许多看热闹的人，他们中，大都是吴家那边派来探听动向的门客。

沈公子家有娇妻，可他外出几年，猛然间带回这么一个身怀六甲的娘们，吴家那边，当然要看沈家如何处置。

当时，社会已经维新，政府不提倡一夫多妻。也就是说，此时，沈家若是接纳了那个娘们，他们吴家的梦瑶，就要面临被休掉的可能。那样，吴家人当然不让。

而盼夫心切的梦瑶，眼见自己的夫君来到家门，而不能他们砸门窗、推院墙，几度要把梦瑶的尸体抬到沈家的宗祠之上。

相亲相见，心中既苦涩又煎熬。她守在西厢房内坐立不安，一会儿问丫鬟，门外的人是否还在那儿跪着；一会儿又问丫鬟，娘那边到底是个什么态度。得到的回答，没有一个是梦瑶所满意的。

如果说，起初沈娘不让儿子带着外来的媳妇进门，梦瑶还为之庆幸。而此时，夫君在门外已经跪了整整三个时辰，她不忍心那个令她昼思暮想的人儿，再这么跪下去了，便指派丫鬟，去把院门打开！

当沈维挽着他的太太，在正堂见到抹泪的老母时，他再次"扑通"一声，给母亲大人跪下了，沈维想对娘说，他与现在的杨小姐是自由恋爱，但他又怕母亲不理解，沈维长跪在母亲面前，含着热泪说："娘呀，都是儿子的错，让你老人家伤心了！"

沈娘轻叹一声，说："傻儿子呀，你爹死后，我们孤儿寡母相守二十多年，盼的就是你娶妻生子的这一天，而今你给娘领来一个怀有身孕的媳妇，这是娘求之不得的喜事，你若有本事，娶上三房六妾，给娘生出一大群孙子、孙女，娘才高兴呢！"说话间，沈娘让人挽起眼前的杨小姐，要过她白皙细嫩的手，疼爱有加地摸了又摸，随之，沈娘的话题一转，说儿子，"眼下，为你而伤心的不是娘，而是你十里红妆娶进门来的媳妇，你去西厢房跪你媳妇吧！"

沈维听娘这么一说，当即去西厢房拜见吴梦瑶。不料，此时的梦瑶，早已静静地悬在梁上。

这一来，吴家那边闹上了门。他们砸门窗、推院墙，几度要把梦瑶的尸体抬到沈家的宗祠之上。其间，若不是沈维带来的那支卫队维持秩序，还不知要闹成什么样子。后来，有好事者出面调停，先是安慰吴家，人死不能复生；后又到沈家这边来做工作，让沈家的新媳妇杨采西改杨姓吴，顶替吴家死去的梦瑶身份，以此，给吴家人心灵上一丝慰藉。

沈家的新媳妇杨采西，一一答应了。

至此，杨采西，改名吴采西。


而今，半个多世纪过去了，盐区沈、吴两家，虽然没有任何血缘关系，但，他们是儿女亲家。近些年来，双边关系，还越来越亲密！

《北方文学》2016年第8期

《小小说选刊》2016年第20期选载

# 旗杆

　　清朝咸丰年间，盐区北乡徐大佑中进士，朝廷拨银三千两，在风光旖旎的盐河岸边，建起了一座雕梁画栋、富丽堂皇的进士府。然而，到了光绪丁丑年，徐大佑的小孙子徐晋升又中进士。一家出一位进士，就很罕见，出现两位，实属了得！

　　消息传至盐区，一派欢欣鼓舞。

　　可是，在考虑新科进士如何与其祖父齐名时，徐家人犯了难，总不能再建一座进士府吧。当年，徐大佑中进士时，所建的那座三进院的进士府，占地近百亩，至今还是盐河北乡最为光鲜、最为气派的私家府邸。可不建进士府，也该有个说法呀。

于是，徐家人便想竖一柱旗杆，类似于紫禁城里华表那样的地标性建筑，以显示徐氏家族代代书香。可竖什么样的旗杆，才显庄重、威严、气派，且经得住岁月磨砺呢？有人想到了盐河中的石柱。

盐河里，那些伸入水中的石柱，长约三到五丈，半隐半现在盐河里，支撑着盐河两岸的亭台楼阁，可谓千年不朽，百年不倒。然而，石料购来后，又该请什么样的工匠雕琢呢？

这时，人们自然而然地想到盐河口的石手艺。

石手艺，真名没有人记得了，只因为他手上的石匠活做得好，盐区的大人孩子，都叫他石手艺。

石手艺早年在苏州专为大户人家雕琢石狮、石鼓、上马台，以及压在房檐上的那些五脊六兽。后来，被盐区的商人领来修缮盐河口的小戏台，就此在盐区安了家。而今，他的两个儿子，也都是盐区稍有名气的石匠。

此番，徐家人要竖旗杆的事找到他。

石手艺一听，这是件喜庆、吉祥的活儿，当场答应了。但是，所开出的筹码也高得吓人！

徐家人要求：旗杆上除了冲撞皇家的龙凤不能雕，山水、祥云，以及黄海的鱼鳖虾蟹都可以雕上去，同时提出旗杆做得越高、越精致，越好。而石匠父子就此把价格抬至：旗杆竖多高，所付的光洋竖多高。

徐府的管家当场没敢表态，可第二天徐家再来拜见石匠父子时，前面是八抬大轿，后面跟着一辆三驾大马车。接石匠父子的同时，连同他们的铺盖、茶具、炉灶，以及平时用的钢钎、錾子、凿子、锤子、火钳、瓦刀、斧子、墨兜等家伙什儿，林林总总，筐筐篮篮，装了满满的一大车，一路"吱吱呀呀"地拉进了徐府的后花园。

最初的半个月里，石匠父子没动石料，老石匠每天捧把茶壶，看着两个儿子在炉台前，"叮叮当当"地锻打那些大大小小的錾子、凿子，以及长短不一的钢钎。半月过后，兄弟俩把锻打好的錾子、凿子、钢钎啥的摆了满满八箩筐，老石匠这才脱下长衫，赤膊上阵，给那些大如棍棒、小如牙签似的錾子、凿子一一淬火。

那场面，热烈而又壮观！

炉膛内，燃烧欲滴的錾子、凿子被快速夹出火膛后，眨眼之间，蘸入冰凉的水中，瞬间铁水炸响，气泡翻滚，烟雾四起。其速度之快、动作之敏捷，令人赞叹不已。

淬火的过程，决定着钢钎、錾子的硬度和脆性，同时，也决定着所雕物件的工艺水平。

接下来，进入旗杆的雕琢时，愈显神秘。老石匠让人拉起围帐，将他们父子围在帐幔内，外人只能听到围帐里面整天"叮叮当当"的凿石声，却不见石匠父子出来。

转眼，三月已去。

这天上午，老石匠的两个儿子提着锤子，拎着瓦刀，从后院里一前一后地出来，他们把已经雕好的护栏，抬到前门广场，埋头砌起旗座。

此时，人们才目睹到他们的手艺。护栏上，雕琢着鱼鳖虾蟹和奔涌的海浪。乍一看那石柱上的海浪，禁不住要往后退上半步，生怕那飞腾的海浪，溅湿了自己的衣裳；而鱼虾呢，更是惟妙惟肖，那些弓起背、弯成钩的小虾，眼看就要弹走似的，而调皮的孩子，偏偏还要伸手去引逗呢。

一旁的老石匠在人们的赞许声中，悠然自得地捧着一把茶壶，走到徐府管家跟前，让他派人去扯九丈大红绸缎。

徐府的管家，也同围观的众人一样，正沉浸于护栏上的画里，听到老石匠让他去扯九丈大红绸，自然懂得后院的旗杆也已经做好。转而，又觉不对，做旗杆的石材最长不过五丈，而老石匠为何要他扯九丈大红绸缎呢，莫不是另有其用？管家没去多问，便派人扯来九丈大红绸缎。

转天，徐家择取吉日，宴请八方宾朋，为旗杆揭幕。

石匠父子用九丈大红绸缎，将所雕成的旗杆包裹得严严实实，随着一阵锣鼓喧天、鞭炮齐鸣，八位棒小伙，从后花园里抬出了一柱八丈高的大旗杆。

在场人，只看热闹，不懂行情，唯有徐府掌柜及管家晓得，石匠父子贪财呀！他们为多讨光洋，凭一技之长，玩起伎俩，将两根石柱衔在一起。正盘算如何与其理论，只见大红绸缎从竖起的旗杆上徐徐褪下，随即亮出了十个苍劲有力的大字：

一门两进士　旗杆连二捷

原来，石匠父子是诚心道贺而为之。

徐家人，付了双倍的酬金，还千恩万谢石匠父子的一片
美意。

后人传说：当年徐家竖旗杆时，购来的原石料本身就是八
丈高，而石匠父子在雕琢即将完工时，不慎将其断成两节。他
们为如期交差，凭着手中的技艺，以木匠行的卯榫手法，天衣
无缝地将石柱衔接在一起，担心东家看出破绽不高兴，这才别
出心裁地凿上了那两句，至今读来都很吉祥的话儿。

《小小说选刊》2017年第5期
《小小说月刊》2018年第7期

# 巧匠

盐区多巧匠，西大街的常师傅算一个。

常师傅，大名常金有，是个木匠，而且是木匠行里的高手。他雕琢在檐梁上的鸟儿，遇不同的风向，能发出不同的鸟叫声；他刻在木盆、水桶里的小鱼、小虾，蓄水以后，那鱼、那虾，立马就活了。

有一年，他给一户财主家的姨太做了一个球形火炉子。由双层圆圈构成，外圈滚动，内圈靠炭火及底座的重量，能保持里面的炭火不会倾倒歪斜。天气寒冷时，可将其放在被窝里取暖。

那时，盐区，及盐区以外的人，都尊称常师傅为常先生。

常先生名声远扬后，苏杭一带的大户人家，都不惜重金，前来聘请他上门做事。他在一家小姐绣楼上所做的门窗，无须上锁，只要触动一下把手上的按钮，那门窗就自动关合。半个世纪后，人们破解了他设置在门窗上机关，并广泛地用于现实生活，那就是我们今天的防盗门，仅靠一把小小的钥匙拧动，可拨动房门插闩伸进门框的凹槽及四周的墙体。

光绪十六年，盐区地方官，把常先生高超的木匠手艺举荐到宫廷，从此，盐区人就很少见到他了。

一年清明，常先生回乡祭祖，大盐商吴三才请他到家中喝酒。

此时的常先生，肤色白了，体态也胖了，宫廷里的美味佳肴，将他脸上的胡须滋润得如同擦上油一样，柔韧闪亮。他到吴老爷家赴宴时，穿一件宝蓝色的长衫，外面套着一件紫红色的马甲，胸口半隐半现地坠着一弯亮闪闪的怀表链儿，俨然一副官家、绅士派头，浑身上下，看不出半点木匠的影子。

可大盐商吴三才，从他的举手投足之间，还是看出他的木匠技艺还在。于是，便问他："常先生此番回乡，能在盐区待多久？"

常先生说："上头给了一个月的假期。"

常先生说的"上头"，显然是指宫廷里。本来吴老爷还想问问他，这几年在宫廷里见没见过皇上、皇太后，可吴老爷察觉常先生对宫廷的事遮遮掩掩，好像有什么忌讳似的，由此，他也就不去深问了。吴老爷与他谈起家事，告诉常先生："年后，家中四姑娘大婚。近期准备请匠人打嫁妆，常先生见多识广，不妨给长长眼睛，出个样子。"

常先生进门时，就已经看到吴家院落里堆放着各种珍稀的木材。常先生对木材的那种感觉，如同牙医看牙，刽子手专门往人脖子上看一样，是一种职业习惯。此番，吴老爷提到四姑娘的嫁妆，常先生呷一口酒，说："我的假期有限，四小姐的桌、椅、条、凳等大件的活儿，可能没有时间做了，但我可以给四小姐打件梳妆台。"

吴老爷很高兴。

吴老爷原想常先生能给四小姐的嫁妆放个样子出来，画画草图啥的，就算是沾上皇家贵族的光了。没料到，常先生要为四小姐亲自打个梳妆台。

当天晚上，常先生开出了梳妆台所需的稀奇用料，让吴老爷尽快派人去购买。同时，他让吴老爷次日一早，派人到他家把他当年的木匠家什拉来，他要磨磨斧子、刨子之类。常先生说："家里的那套家什，几年都没动了，所有的刀具，都要重新打磨。"

第二天，常先生脱去长衫，着一身匠人短打的装束，早早地来到吴家。

后花园的水井台上，常先生把他的斧子、刨子啥的，摆弄了足足两箩筐，等他甩开膀子，一件一件磨出来后，吴家派去采购用料的伙计也陆续回来了。

此时，常先生把自己关在吴家后花园的两间花房里，每天除三顿饭让人给他送进去，其他的事宜，一概不许打扰他。其间，吴老爷几次想去看望他，都被常先生拒绝了。无奈之下，吴老爷每天登上阁楼，长时间地向后花园观望，只见常先生除拉屎、撒尿，匆匆忙忙地出来上趟茅房，一整天都在花房里待着。时而，晚间还听到他在花房里"叮叮当当"地敲打什么。

半月后，常先生从花房里出来时，满脸络腮胡子快把嘴巴盖上了。

吴老爷见状，知道四姑娘的梳妆台大功告成。他一面安排常先生去城里最好的店家理发、洗澡，一面下请柬，张罗盐区的头面人物，来给四姑娘的梳妆台剪彩。

鞭炮声中，人们徐徐掀开梳妆台上的大红绸缎，只见眼前的梳妆台，与普通人家的梳妆台并没有什么两样。

然而，当人们往梳妆台前一坐，那感觉就不一样了，先是一面镜子，从梳妆台后面缓缓升起。随之，旁边橱柜上的小木门"吱，呀——"一声自动打开，里面出来一个娇小可人的小淑女，手持托盘，毕恭毕敬地将毛巾、梳子递到主人跟前。待主人接过托盘中的毛巾或梳子后，那小淑女自动退回。接下来，依次把里面的胭脂、妆粉、眉黛、簪子等各种事物，一件一件递给镜前的主人。其间，你若不需要哪样，那小淑女也能懂得，她转身回去后，再次出来时，一定会拿一件你喜欢的物件儿。

吴老爷无比得意，他向盐区各界人士展示常先生高超的木匠手艺。同时，也显露出他家四小姐的身价尊贵。

然而，吴老爷怎么也没料到，常先生精心为四小姐打造的那件梳妆台，并没能让四小姐如愿以偿地带到婆家去，而是被官府强行收走后，当众销毁了。

为此，常先生假期尚未休完，便被急令召回。

此后，常先生再没有回到盐区来。

当时，就有人猜测，常先生所做的那件梳妆台"犯上"。没准他把皇家贵族使用的物件儿弄到民间来了。

果然，后来北京故宫博物院对外开放，人们在慈禧太后居住的慈宁宫里，见到了常先生当年打造的那种梳妆台。

至此，人们如梦初醒。


至于，常先生最后一次离开盐区，是被秘密处死，还是至死没让他再离宫廷，至今是谜。

但是，故宫博物院慈宁宫里那件梳妆台，确实是常先生做的。这事，故宫博物院里有章可查，《盐区志》上也有详细记载。

《微型小说选刊》2019年第11期

# 炮车

炮车，不像个地名，倒像是真有一架炮车存放在那儿似的。可东陇海铁道线上，偏偏就有那么一个名叫炮车的地方。

炮车不大，刚解放那会儿，为数不多的几户人家，静守在一弯清灵灵的河塘边。因为村子西面有一条南北大道穿过，加之陇海铁路在此横贯东西，挺自然地形成一个集市，后期，慢慢地扩展成一个集镇。

前几年，有绿皮小火车，冒着黑烟"鼓嗒、鼓嗒"开过的时候，从徐州到连云港，或是从连云港去徐州，中途路过那地方时，看似一路跑得很累的小火车，总要大口地喘着粗气，在此歇息两分钟，让南来北往的旅客，乘机观赏一眼那个白底黑字的站牌——炮车。

苏北、鲁东南一带，有好多地名是以实物命名的，比如碾庄、白塔、大庙、柳树底等，你去寻访一下，其村庄的来历，一定是因有过一座石碾、一座白塔、一座寺庙，或一棵或几棵高大的柳树而得名。

那么，炮车呢?

毋庸置疑，那地方一定是有过炮车的。否则，怎么无端地叫出那么一个生冷、刚烈、怪异的地名。

据《盐区志》上记载，民国年间，盐区这地方，主要活跃着两股兵匪。其一是孙传芳的五省联军，简称"联军"；其二是本地起家的一伙土匪，匪首姓张，因头大，人送外号"张大头"。他们为争夺盐田，在此死磕过一仗，就此，留下炮车一说。

"那一仗，打得呀!"

至今，盐区的老人，提起当年那一仗，还在摇头叹息。有人说张大头小瞧了联军的势力；也有人说，联军低估了张大头的智谋。

张大头虽是一介武夫，可他有胆有识，且下手极狠。

孙传芳坐镇东南，任"五省联军司令"时，苏北盐区虽是他鞭长莫及之处，但他念及此地利润丰厚的海盐，仍派驻一个连的官兵在此把守。而张大头借助于地方势力，总想赶跑孙传芳滞留在盐区的那小股队伍，企图独霸一方。

公元1926年，北伐战争在广州打响后，身为"五省联军司令"的孙传芳，得知南方战事告急，急调北方各路兵马增援福建、浙江及保卫大上海。

此时，张大头感觉他收复盐区的机会来了。早有防备的联军，虽然抽走了部分兵力，可他们提升了武器装备，这其中，就有一架炮车耀武扬威地开到盐区来。

那架炮车，分前后两个部分，前面是辆乌篷车；后面是架独门炮。两者，可分可合。分开时，乌篷车可独立行驶；独门炮却只能依附乌篷车才能挪动。

联军接手那架炮车时，曾在盐河湾放了两炮。

"嗵！嗵！"两声巨响，当场炸飞了两艘漂在海面上的渔船。其间，炮弹击落的水域，瞬间掀起滔天巨浪，并夹带着炸飞了的渔船散板，直升天空，如同天女散花一样。

那叫一个威武。

现在想来，那是联军的一场海上军事演习。炮弹之所以要准确无误地炸飞海上的漂浮物，既是检验炮车与炮手的实战技能，又是彰显他们炮车的神威，以便震慑张大头他们一伙狂妄之徒。

可张大头偏偏从联军的"神威"中看出破绽，他甚至断定联军军营形同虚设——里面没有几个兵了。原因是刚刚列队出来巡逻的那几个兵，很快又换乘摩托车，"呜呜呜"地开出来满大街乱窜，分明是在虚张声势。

可此时的张大头，仍然不敢轻举妄动，他畏惧联军那威力巨大的炮车。

这一天，张大头忽而想出一步"险棋"，他让弟兄们在炮车的必经之路挖陷阱，一家伙把联军的炮车给陷在深坑里了，并当场活捉了炮车上的几个兵。

此时，张大头自感胜券在握，当即下令去端联军的"窝点"。

岂不知，联军虽失去了威力巨大的炮车，可他们手中还有横扫一切的机关枪。就在张大头的队伍冲到联军军营时，对方炮楼里的机枪，如同一个酒后"哈哈哈"狂笑的醉汉，突然"大口"一张，喷射出聚雨般的子弹，瞬间撂倒一片。

那一刻，张大头愣住了。

可情急之中，他又出一计损招。张大头威逼那几个俘虏兵，调转炮口，向他们自己的军营开炮。

那可是骨肉相残呀！

张大头顾及不了那么多了，他问那几个被俘的兵："你们，谁是炮手？"说这话时，张大头已黑下脸来，恶狠狠地从腰间拔出了"盒子"。

俘虏们个个沉默不语。

"奶奶的！"张大头顺手拉出一个俘虏，"赏"他三发炮弹，告诫他：若是三发不中要害，就让他陪同他那些死去的弟兄去见阎王。

那个被揪出来的俘虏不是炮手，但他又不想供出谁是炮手。无奈之下，他将三发炮弹都打偏了。与此同时，张大头二话没说，"咣！"的一枪，就给那俘虏的脑袋开了"血瓢"。

"下一个！"张大头甩着枪管中的缕缕青烟，如同喊叫他的弟兄们前来领赏银、发军饷一样。

"下一个——"

张大头再次呼喊"下一个"时，故意把声音拖得长长的，以便他观察那几个俘虏兵脸上的表情。

这时，一个戴眼镜的小个子兵站出来了。其实，张大头打一开始，就已经察觉到他是炮手，可张大头偏不搭理他，他偏要制造出那样一个震慑俘虏的血腥场面，以便让对方死心塌地去端掉他们自己的炮楼，炸死他们自己的兄弟。

否则，他就称不上匪首了。


战后，那个炮手向张大头提出一个请求，他想留下来，陪伴被他亲手炸死在军营里的那几个兄弟。

张大头掂量再三，默许了。

就此，便有了今天炮车这个地方。

《微型小说选刊》2019年第6期

# 船客

　　盐河码头，下连波涛汹涌的黄海，上接与盐河相连的各条内河支流。每天，内河里的小船，载着本地编织的竹席、草帽、麻布，以及当地的海盐、药材、高粱、大豆、兔毛、羊皮、牛角、桐油、时令的蔬菜瓜果和装在笼子里活蹦乱跳的鸡鸭、生猪等，一路撑篙、摇橹地运载到盐河码头，转装到等候多时的大船上，再往青岛、烟台，以及长江沿线的吴淞口、扬州、镇江，甚至更远的安徽芜湖一带运送。回头来，他们把大地方的洋布、白糖、蜡烛、煤油，甚至是官府禁购的鸦片、火枪啥的，运载到盐河码头，在此分装到各式大小不一的小船上，让它们沿盐河上游的各条支流，运送到内陆城镇的小码头，走进各家商铺，卖给千家万户。

盐河里，跑内河的船，无桅、无帆，多为一家老小齐上阵的"老小船"。他们的船，大都很破旧，不能到大海里航行。到大海中航行的船，要有高大的桅杆，威武的风帆，它们船头高翘，船尾方正压浪，方能劈波远航。

那些远洋船上的船客，操着不同的口音，穿着不同的服饰。他们驾船停靠到盐河码头上，会表现出一种做客者特有的谦逊，他们整齐划一地把船停靠在一起，夜晚会把船上的灯光打得很亮，让周边很远的船只，都能借到他们的光。他们的船，要在码头上添加淡水，补充食物和用物。船上的水手，要下船饮酒、购物，还要到周边花船上寻找女人的爱抚。

码头上，离不开那些异乡来的船客；异乡来的船客，也离不开码头上的补给和花船上那些温情似水的女人。

公元1892年盛夏，即光绪十八年农历七月初九，盐河入海口，漂来了一艘怪模怪样的客船。此船，无桅、无帆，远看像是一团黑色的焦炭。它漂向盐河口的当天，恰逢海上台风大作，岸上的渔民看到那艘小船，时而被巨浪高高地托起，时而又重重地跌入浪涛中的漩涡。而船上的人，不熟悉此地海域状况，偏偏在风浪中，划向了当地人称之为鱼腹之地的鱼鹰嘴。

那是一片危机四伏的海域！

鱼鹰嘴下，怪石嶙峋。平日里，海上风平浪静时，当地渔民在此石缝间掏海蟹、敲打岩石上的海蛎子。而此时，海上风起浪涌，鱼鹰嘴下那些狰狞的石柱，如同一只只张开血

无奈之下，盐区百姓送些米面鸡鸭给他们，并按照当地的风俗，杀猪宰羊，燃放鞭炮，祝福他们航行顺利。

盆大口的怪兽，它们潜伏在巨浪之下，专等靠近的船只撞个船毁人亡。而那艘异乡客船，恰恰是奔着鱼鹰嘴来了。

渔民们为其揪心！给他们打旗语，告诉他们此地不能停靠船只，让他们绕到鱼鹰嘴左侧平坦的海岸登陆。可那艘在风浪中漂浮的客船，先是看不懂渔民们所打出的旗语，再就是他们的船体过于轻浮，面对海上巨大的风浪，似乎失去了自身的主动力。眼看他们就要撞向鱼鹰嘴的暗礁，当地水性好的渔民，奋不顾身地向他们抛下了竹竿和缆绳，为其引航，总算把他们领到安全的海域。

可此时，人们忽然发现船上的人模样怪异，说话叽里呱啦，一句也听不懂。再看他们的船，看着像黑色的焦炭，实则是一艘光滑的橡皮船，且有"呜呜"怪叫的小马达助推航行。这在当时，是盐区人从来没有见过的。船上的人，穿着宽袍大袖，类似于寺庙里的和尚服，他们头上挽着发结，胯下扎着裆带。

他们不是中国人。

有人给他们打哑语，问他们来自哪里。

他们中，为首的一位留小胡子的长者，指指茫茫的大海，示意：他们的家，在大海深处。

盐区人不晓得大海深处在哪里。

消息传至盐务府，时任盐区地方官的人，名叫吴亮采，此人科举出身，可谓满腹经纶。当他得知对方是来自异国他乡时，第一反应是"有朋自远方来，不亦乐乎！"当即派轿子，把他们接到衙门府内，以官府最高的接待规格，好酒好肉地款待他们。其间，找来纸和笔，让他们画出他们的家乡在哪里，以便想把他们送回去。

这时，那个留小胡子的长者，接过纸和笔，随手画出了一道弯弯曲曲的海岸线，然后，他举笔在空中停顿片刻，选在离那条海岸线很远的地方，极为娴熟地画出了一片弯弯的"柳叶儿"，示意：他们的家，就在大海内那片漂浮的"柳叶"上。

盐区的地方官，看着那片"柳叶儿"，仍然没有弄明白他们到底来自哪里。但是，有一点可以肯定，他们不是咱们中国人。他们的国家，在大海深处的某个小岛上。盐区人把他们当作自家的亲人一样，宾客相待。

两天后，海上风平浪静，他们要登船回家。盐区的地方官再三挽留，可对方执意要走。

无奈之下，盐区百姓送些米面鸡鸭给他们，并按照当地的风俗，杀猪宰羊，燃放鞭炮，祝福他们航行顺利。

此时，当地人仍然不知道他们来自哪里，更不晓得，他们漂洋过海来到盐河口干什么。


两年后，即公元1894年11月，日本人在大连旅顺口抢滩上岸。为首的指挥官，不是别人，就是当年在盐河口登陆的那个小胡子——乃木希典。

至此，盐区人恍然大悟，原来那艘模样怪异的橡皮船，是侵略者的一艘侦察艇。

# 独驾

祁老爷吩咐管家，给四小姐的后窗加道帘子。

管家领着工匠，扛着梯子，爬上四小姐的后窗加帘子时，给四小姐的后窗拧了一道横七竖八的网罩子，类似于时下的防盗窗。四小姐静静地坐在阁楼的茶几旁，她眼睁睁地看着那个面无表情的工匠，横一道、竖一道地把后窗的风景拧得支离破碎。四小姐一言没发，但她禁不住摸起茶几上的一本画报，重重地摔到床上，随即，四小姐也和衣倒到床上了，任凭那个看似对铁条无比仇恨的工匠，在后窗外面"吱呀、吱呀"地拧着。

四小姐在闹婚。

时年，十九岁的四小姐，正在京师大学堂读书。家人们得知她与苏北盐区来的沈达开相爱，便把她从学校叫回来。

沈达开，在盐区算是有钱人家的公子哥，可在旗人遍布的皇城脚下，他除了喝了点墨水，再没有什么可炫耀的。

而祁家则不同，祁家祖上是正黄旗，正宗的贵族。四小姐的爷爷，做过清军的统领。可想当年祁家的辉煌！问题出在庚子事变，社会维新，大清朝一天不如一天了。四小姐就是在那个时候接受了新知识的熏陶，迈出贵族之门，在京师大学堂读书期间自由恋爱了。

祁老爷岂能允许，他执意要把四小姐嫁给本族的旗人。

四小姐不从。

四小姐说："现在是民国了，政府提倡青年人要自由恋爱。"

祁老爷说："自由恋爱，那是汉人糊弄人的。咱们旗人，还是要遵守旗人的祖制。"

四小姐说："旗人早已经不是汉人的对手，别再提什么旗人的祖制了。"

"屁话！"祁老爷恼了。祁老爷最听不得汉人打败旗人的鬼话。他怒指着四小姐的脑门子，训斥道："你少给我提什么汉人的能耐！"祁老爷说，"二百年前，咱们旗人横扫大江南北，打遍天下无敌手！"

四小姐想告诉父亲，那是二百年前的冷兵器时代。现在，旗人的大刀、长矛，不及汉人的火枪、大炮了。但是，那话已到嘴边，四小姐又咽回去了，她怕触及父亲更深的痛处。

四小姐选在父亲怒气未消时，以回避的方式，转身上楼，回到她自己的闺房去了。

祁老爷想杀杀她的性子，就此把她关在阁楼里，昼夜派人把守，以至，入夜以后，祁老爷还亲自把床铺搬到门厅里守着，严禁四小姐走出阁楼半步。以此，想了断她与那个汉人的交往。

这夜，大雪。

天亮后，祁老爷发现四小姐冒着大雪跑了。

祁老爷感到奇怪！阁楼上的木梯，走只猫他都能听到响动，四小姐那么大的一个人，她是怎么下楼逃走的？

管家指着雪地上的脚印子，告诉祁老爷，说四小姐是光着脚走出院落，才把鞋子穿上。

祁老爷伏身往雪地上看一看，无奈地摇了摇头。

一旁的管家开导祁老爷，说："遂了四小姐的心愿吧！"

祁老爷半天无语，末了，他吩咐管家："去把四小姐叫回来吧。"祁老爷说，"告诉四小姐，真要嫁给那个汉人，也要体体面面地嫁，不能这么人不知、鬼不觉地跟着人家跑了，惹人耻笑！"

然而，当四小姐再次被接回来，准备完婚时，祁老爷仍然心存不甘，他刁难四小姐，问她："你的婆家在哪？"

四小姐说："千里之外。"

祁老爷说："那我就没法陪嫁你了！"言外之意，你不听父母之言，就别怪父母不重金陪嫁了。其实，那时间，祁家已经开始败落了，偌大的三进大院，晚间的路灯只亮着一半。

四小姐压根儿就没打算要家中的嫁妆。她计划与沈先生坐车到天津，再从天津乘船，去盐区见见公婆就算完婚了。

祁老爷一听，四小姐一切都有主张，心想，这丫头是无药可救了。但此时，祁老爷把旗人嫁闺女的习俗搬出来了，他要求四小姐婆家那边，接娶新娘的当天，必须要赶着马车来。

这又是一道难以逾越的坎。

盐区到京城，一千多里路，他沈达开的家人，如何车马劳顿地奔赴千里来迎娶新娘。可祁老爷话一出口，四小姐就在一旁替夫君应下了。

转过身后，沈达开冲着四小姐摊开了双臂，他埋怨四小姐多嘴，质问她："我的家人，如何来接你？"

四小姐说："你个傻子，你去前门大街租辆马车，把我接出家门，拉到永定门车站，不就得了。"

沈达开茅塞顿开。

然而，真到了迎娶四小姐大婚的当天，那个白面书生的沈达开，租了辆一匹马驾辕的独驾车，孤零零地停在祁家大门外。

刚开始，祁家人不知那辆马车是干啥，直到沈达开在祁家大门外炸响了鞭炮，祁家人这才知道，那辆独驾车，是来迎娶新娘的。

祁家人又羞又恼，围观的人却开怀大笑。

伴娘看不下去，跑回后院去问四小姐：坐不坐那辆独驾车？

四小姐略有思忖，随即拎起小包袱，白了伴娘一眼，说："鞭炮都放过了，怎么能不坐呢！"说完，她满面春风的样子，踏上了娘家门厅里的红地毡。

此时，祁家送嫁的鞭炮响成一片。

四小姐坐上那辆独驾车时，鞭炮的纸屑还在满天飞舞。四小姐看着一旁的新郎官，噘起鲜红的小嘴，没好气地训斥他："你呀你，真是个呆子，怎么着也得租辆三驾大车来接我呀！"说这话的时候，那辆独驾车，已经走出祁家大院好远、好远。

多年后，祁家的四小姐，已是教科委主任夫人，面对她的儿孙及亲朋，提起当年她出嫁时，沈先生是如何木讷、如何用一辆独驾车来迎娶她这个大家闺秀时，无不笑得哈哈的。

《小小说选刊》2017年第2期

# 断仇

张康是个卖布的。

盐河边的村巷里，一个瘦筋筋的男人，脖子后面的衣领里斜插着一把自家竹片做的小尺子，如同乡村"鸡毛换糖"的货郎似的，同样是挑着一副"货郎"担子，但他的喊叫是：

"卖——布！"

"南洋的洋布，来——喽！"

那喊声，缠缠绵绵的，如同婆娘手中绾发的皮筋似的，慢慢地拉长了，猛一松手，又缩回来了。那个人，就是张康。

张康口中喊着南洋的洋布，可他的布担子里，大都是手工织出的粗布段子，很少有南洋产的那种细细滑滑的白洋布。那时间，南洋的白洋布挺稀有。即使有，价格也挺贵，一般人家买不起。张康之所以那样喊叫，无非是诱人耳目的。

张康那人挺贼呢！他把人招引到他的布担前，谈妥了价格给你量布时，看似很仗义的样子，在量好的尺寸上，总要再给你让出那么一点点，让你看着高兴。回头，等你到家找出尺子再量，怎么也量不出他让的尺寸了，顶上天，也就是你所要的尺码。

张康做的是小本生意，他卖的布，除了在价格上要比正规布店里稍微高一点，再就是在尺寸上做点手脚。否则，他靠什么养活一家老小。

旧时，盐区卖布的分三六九等。一流的布庄，如同当铺、洋行一样，掌柜的、伙计，埋头于账本和各种布匹的库存量，算盘珠子"噼噼啪啪"地一响，就把各色布匹拨弄到四面八方去了；次之是店内店外，一手交钱，一手拿货；再次之，就是张康那样的，从人家大店里倒腾出布匹来，挑在肩上，走街串巷地赚点蝇头小利。

可谁又能料到，张康那点肩头上的小买卖，偏偏招来贼人惦记。

那年初冬的一天午夜，张康正搂着儿子在西屋的土炕上睡觉。突然间，有人翻墙入院。等张康从梦中醒来，一个蒙面歹徒，手持一把红布包裹的"盒子"，正直愣愣地点着他的脑门，呵斥他：

"别动！动，我就打死你。"

张康没敢动，但他看到身边的儿子醒了，还是伸手扯了扯被角，盖住儿子的脑袋。张康怕眼前的阵势吓着儿子。

贼人控住张康后，还很张狂地划亮手中的火柴，他是想让张康看明白他手中有"盒子"，让他老实点；再者，就是便于寻找张康的布褡子。可张康在贼人划亮火柴的瞬间，似乎看到贼人手中的"盒子"是假的，好像是个笤帚疙瘩裹块红布。虽是如此，张康躺在炕上，仍然没敢动弹。那伙贼人有两三个，张康一个人对付不了他们。其间，有人上来抢走了张康放在炕前的布褡子，并跑到堂屋去搜罗东西。

张康怕他们伤及堂屋里的女人，实话告诉他们："堂屋里，没有值钱的东西。"

贼人们当然不信，他们蹿至堂屋去翻腾了半天，可能真没有翻到什么值钱的物件儿，便打一声口哨，撤了。

贼人们撤退时，怕张康盯梢，在他家院子里放了一把火，想让张康无暇追赶他们。张康看到院子熊熊燃起的火光，惊慌之中，下意识地大喊起来：

"起火啦——"

"快来救火呀——"

张康声嘶力竭地喊叫，可能饱含着他刚刚被贼人打劫的惊恐与无奈。所以，喊声奇大。

东院的歪六指，第一个跑出来帮助张康家救火。

张康家的房子与歪六指家的房子是连脊的。歪六指帮助张康家救火，其实也是为了他自家的草房不受株连。可不管怎么说，在这关键时候，歪六指能跑过来帮助救火，张康还是很感激的。

事态平息后，张康觉得那伙贼人是帮穷鬼，连个正规的家伙都没有，也敢出来打家劫舍。而女人则对张康说："抢布的那伙人中，有一个是歪六指。"

张康看着女人，疑疑惑惑地愣了半天，问女人："你是怎么知道的？"

女人没说那伙贼人在堂屋里搜罗东西时，其中一个下作的家伙，撩起她的被窝，摸了她的奶子，还往她裆部撩了一把。

当时，张康的女人正处在惊恐中，没顾上叫喊。可过后想想，撩她腿窝的那个贼人，拇指上好像有个硬物，她下意识地收紧两腿时，那人猛一抽手，划了她大腿一下，以至，两三天后，她大腿内侧还留有一道血印子。这件事，女人一直没有对张康讲，她怕张康知道后，心里硌得慌。

此番，张康问女人怎么知道贼人中有一个是歪六指。女人仍然没有把她大腿被划的事对张康讲，她只说怀疑是歪六指。

张康轻叹一声，说女人："左邻右居地住着，没有证据的事，不能瞎讲。"张康安慰女人说，"算了，这件事，就这样过去吧，损失不是太大，十几丈布的事，咱们可以重新再来。"

果然，几天以后，张康又挑起布担走四乡了。只是这以后，每到晚间，他不再把布担挑回家，而是存放在人家布店里。再者，就是张康与女人不再单独分床睡了，每到晚间，女人总要跟张康团在一起。

　　数年后，张康的女人患病要死时，她再次跟张康讲，当年抢他们家布匹的贼人中，有一个就是歪六指。

　　这一回，女人说得很肯定。

　　张康看女人说得肯定，没再问她原因，但是，张康从女人的眼神中，似乎意识到什么。

　　接下来，女人叮嘱张康："算了，这件事，就这样过去吧，咱们的儿女一天天都长大了，若是让孩子们知道了，两家势必要结下冤仇。"

　　张康当着女人的面，没再说啥，但是，女人的话，就像一粒仇恨的种子，深深地埋进张康的心里。他在女人去世不久，找了个茬口，还是与歪六指动了刀子……

《小小说选刊》2017年第7期

# 抬戏

民国年间，盐区有两大乐去处。一是窑子铺里嫖婊子；再就是去戏院里看大戏。

盐区，有钱人多，有钱人家的公子哥也多。他们把甩银票、逗乐子，视作很长脸面的事。双方同时看上一个窑姐儿，可你出手没有对方阔绰，你就得一边凉快去。戏院里看戏，也是如此，有钱人坐在前排场敞亮的包厢里，裤兜里摸不出几个大板者，那就到一边旮旯里自个闷乐子。

戏院的包厢里，支茶几、摆果盘、供茶点。时而，还有店小二拧着热毛巾给你递把子，你还可以翻开茶几上的戏单，押上银票，指定你要看哪一场戏、看谁演的戏。

至此，抬戏便开始了。

因为，坐进包厢里的爷，不是一个两个，他们个个都有来头。往往是你选中的戏，送至后台一比较，没有旁边一位爷所押的银子多，你就得跟着人家看随戏。若不服气，那就得把更大的银票再押上。关键时刻，戏院老板会出面调停。当然，也不排除戏院老板暗中支托，故意把场子哄抬起来。总之，这是戏院内的事，好解决。问题是，遇到外面来抬戏，那就不好对付了。

　　同一个地方，有两家或几家戏院，为揽看客，各出怪招、损招，且相互拆台。往往是戏外的戏，比戏内的戏更加热闹、精彩。如盐区的新新戏院与更新戏院。光听这两家戏院的名称，你就能嗅到浓浓的火药味儿。

　　新新戏院，是天津商人史良成开的。此人自称是盐区驻军白宝三的内侄，看中了"大闹场"附近见天有人耍猴，卖艺，说唱大鼓书、淮海戏，便动意在此建了一座富丽堂皇的新新戏院。开业时，史先生请来京津地区的名角前来捧场，一家伙就把戏院的生意搞火了。

　　盐区那些富得流油的盐商大佬们，看到戏院能赚钱，相互一合计，便在新新戏院对面，建了一座更为气派的"更新戏院"。此戏院分上下两层，带包厢，设长椅，留美人靠，比新新戏院阔气了许多。又因为是盐商集资兴办，每两百大洋为一股。戏院开张后，投股者，凭股票看戏不收门票。此举，一经推行，就占据了上风。

　　新新戏院的史先生，一看阵势不对，当即另辟蹊径，请来了河北梆子、京东大鼓，以及河南、山西的豫剧、吕剧纷纷前来助场。其间，他还推出了抢夺观众眼球的真情戏，将真骡子、真马搬上舞台不说，《大劈棺》一场戏中，还把一口真棺材抬出来，在舞台上硬生生地给劈开了。那场景，生动刺激，观众直呼过瘾。

更新戏院这边，为留住观众，干脆上演连场大戏，类似于今天的电视连续剧。一部《飞龙传》演下来，少说也要演三十场。戏迷们看了第一场，自然要看后面的第二场、第三场……

这是史先生始料不及的。他若想在人家后面再推连场戏，显然要等那边的戏迷看完了三十场的《飞龙传》之后，才能转场到他这边来。可人家那边的《飞龙传》演过之后，没准还有四十场、五十场的连场大戏候着呢。若真是那样，他史良成的新新戏院，只怕要关门谢客了。

无奈之下，史先生想出一计夺场子的损招，他在更新戏院热演《飞龙传》期间，猛不丁地曝出一条消息，戏曲大腕李香兰，将要在新新戏院粉墨登场。

此海报一出，不亚于在盐河口燃爆了一枚深水炸弹，当即，震撼了盐区的十里八乡。

李香兰是谁？上海滩鼎鼎大名的明星大腕儿，《夜来香》《苏州夜曲》《何日君再来》等许多风靡一时的歌曲，都出自那位女神之口。

此人要来新新戏院，哪个不想一睹她的芳容。演出当第二天，驻盐区的鬼子，闻知此事，紧急召见新新戏院的老板史良成。

天，热演《飞龙传》的更新戏院，不得不挂牌停业。

可是，谁能料到，新新戏院请来的李香兰，并非是人们所仰慕的李香兰，而是扬州妓院一个貌似李香兰的妓女。

演出当晚，新新戏院座无虚席。观众们翘首企盼李香兰登场时，自然要先看新新戏院的"垫台戏"。

类似的"垫场戏"，多为一些杂耍、魔术或小丑跑场逗乐之类，哄抬一下场上的气氛而已。而新新戏院当晚推出的，却是一台比《飞龙传》还要长的连场大戏《打渔杀家》。行内人士一看，这是针对更新戏院那边的《飞龙传》而夺戏呢。

好在，当晚的戏，演过序幕后，便转入了李香兰出场的互动环节。

此起彼伏的掌声里，那个被包装成李香兰的扬州妓女，总算在人们一浪高过一浪的喝彩声中，闪亮登场。

当时，舞台灯光很暗，假李香兰只在大幕前那绛红色的帐幔中，半隐半现地扭了扭屁股，哼了一曲《夜来香》，便匆匆退场。

随后，大幕拉开，继续上演《打渔杀家》。

可此时，观众们不干了，他们打口哨、鼓倒掌，以示抗议。更有内行人，当即看出破绽，直呼：此人不是李香兰！

场面，一度陷入混乱。

第二天，驻盐区的鬼子，闻知此事，紧急召见新新戏院的老板史良成。

史先生有所不知，上海滩的李香兰，并非是咱中国人，人家拥有日本国籍。你史良成拿一个万人"骑"的妓女，来充当他们大日本帝国的国民，这在日本人看来，是对他们日本女人的大不敬。

当天午夜，日本人以"意淫"罪，将史良成秘密枪决了。

# 叫板

　　盐区西大街北首，紧靠在谢家花园后面有一片空地儿，看似一个天然的土丘，其实那是闫家早年的草料场。草料场四周，设一人多高"穿靴戴帽"的围墙。里面堆放的草料，如盐坨、屋脊一样，高高耸立着，顶部常年罩着帆布，底脚坠着木棒或石块，且横看成排，竖看成行。夏季雷雨天，闫家草料场里流淌出的污水，像牛马的尿水一样，污黄。

　　盐区，上点岁数的人都还记得，闫家为草料场的排水走向一事，与谢家对簿过公堂。最终，闫家输了官司，后退三丈，硬生生地在自家的地块上，挖掘出一道排水沟来。

　　后来，闫家败于一场大火。

那场大火，烧了三天三夜。

三天后，清理火场时，闫家只留下一个活口，那就是后来空守院落的闫钱氏，后人叫她钱寡妇。

钱寡妇守着那片废墟，靠闫家的地产熬日月。此时，与闫家一河之隔的谢家派人来游说，想把那片草料场的空地买过去，扩充到他们谢家的后花园里。本该顺手牵羊的事情，可钱寡妇偏不答应。原因可能是谢家出价太低，或是钱寡妇压根儿就不想与谢家人打交道。

谢老爷觉得此事很没有面子。在谢老爷看来，那片废弃了的场院，就堵在他谢家花园的后屁股头上，除了他谢家想把它扩进园子里来，只怕盐区再没有第二人打那片空地的主意。

谢老爷一面跟管家说："随她去吧！"一面又叮嘱管家，让他对外宣称，谢家看中那地方了，看谁还敢来与他叫板不成。

事实，正像谢老爷预料的那样，自从谢家人放出口风，要买钱寡妇家的那块地之后，盐区再无人找钱寡妇谈那块地价的事儿。钱寡妇看死守着那块空地儿也无趣，反过来托人找谢家说合，谢家反而摆起谱来，给出白菜、萝卜的价格，想白拾那块地儿，钱寡妇自然不会答应。

于是，那地方就空置下来了。

后来，草料场周边的围墙相继倒塌，那地方便成了孩子们捉蝈蝈、放风筝、捉迷藏的场所。读过三五年书本的皮小子们，放学以后，还相约到那地方去摔跤、打拐、翻跟头玩。

再后来，那地方被各地来要猴、卖艺、唱小戏的外乡人看中了。他们"当当当"地敲着碗口大的小铜锣，让山羊拉车，让小猴子自己穿衣、戴帽，骑在老山羊的背上，逗人取乐。冬闲时，沭阳、淮阴、徐州等地的戏班子赶过来，在那地方各选一块地盘儿，或围上布栏，或扯上帐篷，或支个桌面就地说唱，聚集来各路看客，把一个原本荒凉的地盘儿，搅和得哀号连天，哭乐难辨。这期间，人们似乎不记得当初那里是什么草料场，好像那里就应该是个娱乐的地方。

公元1900年，即庚子事变后，社会维新，各类新生事物层出不穷。一个外乡艺人找到钱寡妇，买下了那块地，想在此处建造一个大戏院，戏院的名称也很迎合当时的潮流，叫新新剧院。

谢老爷知道此事后，阴沉着脸，训斥管家："你干什么去了！"好像谁买下那块地，及钱寡妇为什么把那块地卖给外人，管家有很大责任似的。谢老爷甚至认为，谁动了那块地，对他谢家是大不敬。

管家跟谢老爷说："我这就去找钱寡妇理论去。"

谢老爷说："地已易主，找她何用。"言外之意，钱寡妇已经把地卖出去了，找她还有屁用。

谢老爷问："是谁这么不知趣？"

管家说："是一个外乡唱戏的。"

谢老爷脸色一沉、再沉，半天从牙缝中咬出三个字：

"唱，戏，的！"好像是说，一个外乡来的戏子，就这么不知深浅地把那块地买下了，真是猖狂！可管家后面的一句话，却像一块带刺的鱼骨头，一下子卡在谢老爷的喉咙上了。

管家说："那个唱戏的，与咱们州府大人是同乡。"

谢老爷听到这个结果，一口气憋在胸腔里，许久没有缓上来，待谢老爷慢慢醒过神来，他已经意识到，此人不可小觑，人家走的是官绅之道，敢情没把他这个盐区的大东家放在眼里。

接下来，谢老爷缩在家里，半月没有出门。

可半月里，街面上发生的大小事情，谢老爷都跟明镜似的。新新剧院破土奠基时，州府大人乘八抬大轿前来剪彩；盐河口小码头上一船一船的青砖、黛瓦，昼夜不停地运往新新剧院的工地上。新新剧院那个屁颠颠的外乡小老板，半个月内，往州府衙门里跑了十八趟。

谢老爷听到这些消息，如坐针毡一般不是滋味。

这一天，即半月后的一日清晨，谢老爷把管家叫到账房，吩咐他带足了银子，去苏、杭二州，重金聘请工匠。谢老爷要在那个外乡人建戏院的小河边，也就是他们谢家花园处，建造一座规模更加宏大的戏院。

起名更新剧院。

此事传出，盐区人猜到后面要有好戏看。

果然，新新剧院与更新剧院相继建成后，新新剧院这边购票看戏；更新剧院无票也可入内。更为热闹的是，新新剧院上演什么戏，更新剧院也上演什么戏，甚至上演更新潮、更好看的大戏，硬生生地把新新剧院给挤垮了。

不久，新新剧院留下一段笑柄，便关门谢客了。

而更新剧院，越办越红火，直至盐区归人民政府所有，改名为盐场工人俱乐部，后改为工人电影院，沿用至今。

《微型小说选刊》2019年第10期

# 酒面

老鹰岭，是盐河入海口的一处制高点。

盐区沦陷后，日本人在此修筑碉堡、建设炮楼，扼守盐河码头，切断我抗日军民的水上运输线。驻海州的44军军长王泽浚，为拔掉老鹰岭上这枚"钉子"，派其属下一个连的官兵，前往交战。

连长周汉彪，山东郯城人。此人土匪起家，生性威猛，打起仗来不要命。紧要关头，他敢走"死棋"，且招招克敌。攻打老鹰岭时，周汉彪先期派上去一个"尖刀班"，计划摸到敌人炮楼跟前，出其不意，一招端掉敌人的据点。没料到，"尖刀班"的战士，潜伏进半山腰的丛林后，被暗堡中的鬼子发现了。随即，战斗在敌强我弱的情况下打响了！

周汉彪看到一个个死伤的战士，从前线抬下来，顿时，就像一头被激怒的公牛，他一把揪下头上的帽子，重重地摔在炊事班锅灶旁的石墩上，大吼一声："王福胜，煮面，你给我大锅煮面！"

转过身来，周汉彪咬紧牙关，凝视着老鹰岭上的一个个火力点，告诉通讯员，通知各排的爆破手，火速赶到炊事班来吃面。

说话间，周汉彪自个儿钻进炊事班的窝棚里，端出半盆欢蹦乱跳的小海虾和一坛子尚未开封的高粱酒，摆在当院的石桌上，他要给弟兄们壮行。

此时，已经潜伏到老鹰岭下的战士们，仍在敌人强大的火力扫射中，且不时地有伤员抬下来。其间，不断传来前方战况：

"报告连长，老鹰岭左侧，又发现一处暗堡。"

"报告连长，营救'尖刀班'的三排官兵，从左面冲锋，再次被敌人的火力打退。"

"报告连长……"

"奶奶的！"周汉彪听到前方传来的一个个不利战况，一时间，如热锅上的蚂蚁，来回在石桌前踱步。他的目光，不时地瞄向前方的老鹰岭，时而，追问通信员，各排的爆破手到齐了没有；时而，他又板起脸来，冲着锅灶前的王福胜，大声怒吼：

"王福胜，面条！？"

王福胜知道，今天被周连长喊来吃面的战士，十之八九，是要把小命交给老鹰岭了。所以，王福胜在给战士们煮这顿壮行面的时候，他格外用心，以至，面条就要出锅时，他又在每个战士的碗底，卧了两个饱鼓鼓的荷包蛋。之后，他仍感到有什么事情没有做妥当似的，额外地又在面汤上撒了一些细碎的嫩韭菜。

回头，王福胜把煮好的面，端到当院的石桌上时，忽而看到石桌上还有半盆尚未下锅的小海虾。他这才想起来，刚才他要给战士们炒个下酒菜的，一时间，听连长那么一喊叫，他竟然给忘了。难怪刚才他在煮面时，心里头老觉着有啥事儿没有做妥呢。但他并不晓得那海虾，是连长周汉彪一时心情焦躁，下意识地端到外面石桌上的。

当下，王福胜端起那盆海虾，转身要去灶台上，扒棵大葱，给战士们爆炒一下。

可此刻，急于拿下老鹰岭的周汉彪已等不及了！他冲着王福胜，大手一挥，说："好啦好啦，你给我放在那儿吧！"随即，周汉彪指着老鹰岭的山尖尖，告诉那几个前来吃面的战士，让他们抱着炸药包，从后山腰翻过去。然后，再从山顶上滑到敌人的碉堡前。周汉彪说："这样，即便中途被鬼子发现了，弟兄们可以抱紧炸药包滚到敌人的碉堡跟前，如果大家在滚动时'光荣'了，照样也能滑到碉堡附近炸飞他们。"

说话间，周汉彪端起酒碗，两眼窝泪地告诉大家："弟兄们，如果你们今天真的'光荣'了，家中父老，就由我周汉彪来尽孝！"一语未了，一个满脸是血的小战士，从前方跑来报告，说潜伏在老鹰岭下的"尖刀班"，目前已经中断了通信联系。也就是说，前期摸到敌人眼皮底下的"尖刀班"，可能全部阵亡了。

"奶奶的！"

周汉彪端在手中的酒碗，忽而打起颤来！他原本是想陪大家喝过酒，再吃面的，可此刻，周汉彪"哗"的一下，把碗中的酒，浇在跟前的面碗上了，高吼一声："弟兄们，时间不等人，咱们把酒浇在面里，一块儿吃吧！"

刹那间，现场无一人言语，耳边只有一片酒泼热面的声音和前方一阵紧似一阵的枪炮声。

后来的情况是，敌人的碉堡、炮楼一个一个被炸掉了。而那几个吃酒面的壮士，果然与炊事员王福胜所预料的那样——全都牺牲了。

战后，连长周汉彪，招待全连剩余官兵吃饭时，每人面前一碗泼上烈酒的热面。官兵们端起酒面时，一个个尚未动筷子，泪水就下来了。

后来，周汉彪他们那个连，把吃酒面，当作一种祭奠。

再后来，炊事员王福胜复员回到盐区，他心存慰藉地在老鹰岭下开设了一家小面馆，门檐上方所悬挂的店名招牌，就叫：酒面。

最初，王福胜只把他的酒面做给家人吃，做给前来看望刹那间，现场无一人言语，耳边只有一片酒泼热面的声音和前方一阵紧似一阵的枪炮声。

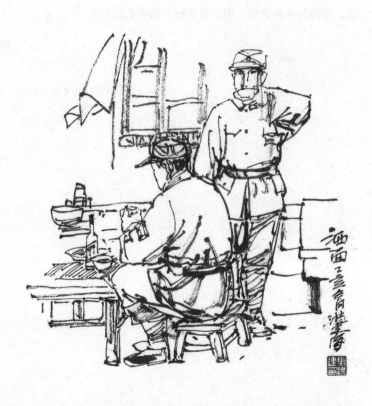

老鹰岭的老兵们吃。

后来，说不准哪一天，盐区人把王福胜的酒面发扬光大了。将活蹦乱跳的小海虾、活生生的蟹块，用烈酒炝过后，铺在碗底，待装上热面后，再浇汤卤，撒上几片时令的蔬菜或鲜韭。那样吃起来，面中虽有酒气，但酒不醉人。较为难得的是，鲜嫩的海虾，在醉中被卧入碗底，后被热面烘熟，再与面食混搭在一起，面去三分热，虾若八分熟，咬入口中，面香虾鲜，鲜美至极。

而今，酒面已成为盐区一道特色小吃，南来北往的游客，纷纷前来品尝它。但，很少有人知道它的来历。

《小小说选刊》2017年第14期

# 高徒

两个盐区人，或几个盐区人，在离家很远的车站、码头凑在一块儿，或是在某个荒郊野岭的大车店里投宿、就餐时相遇，其中一方听出对方是盐区人的口音，就会很亲热地搭上话儿。他们说各自离开盐区的时间、经历、见闻，说此地的天气、物价、饮食、穿戴以及海鲜的味道与盐区有什么不同。其间，他们可能还会谈论到别的什么，比如问到当下盐区的盐官是谁，某个盐商家里娶了几房姨太太之类，对方想半天可能会摇头说不知道，但是，若提到盐区的杨爷，他们肯定都是熟悉的。

"杨爷还在咱们盐区吧？"

"在，时常见到他。"

"他还是那个德行？"

"他那德行，只怕是这辈子改不了！"

"……"

盐区人所谈论的杨爷，是个讨饭的。

赶上集日，他手托一顶破毡帽，在盐区的西大街上，从街北头要到街南头，别管是卖鱼、卖肉的，还是卖萝卜、卖青菜的，你给他一个铜板不嫌少，赏他两块大洋不说多。但是，你不能不给他。你不给他，等于瞧不起他这个"爷"。他会赖在你摊前不走，让你做不成生意；僵持久了，他腰间的刀子就摸出来，他摸出刀子，并不是要与你拼命，而是割自己的皮肉给你看——自残。做生意的人，谁愿意惹上血腥之灾，赶紧扔两个子儿，打发他走人吧。

杨爷，本名杨大。他的真名叫啥，无人晓得。盐区人称他爷，多为奚落、好玩，他本人还真把自个儿当成爷。

平日里，杨爷一个人住在盐河口的破庙里，他想吃青菜，周边菜园子里去拔，不管是谁家的，拔两把够他吃个新鲜就行；无粮下锅时，轮番去大户人家要，粗粮细粮各一半。杨爷登门讨粮食时，递条扎上裤脚的旧裤子给你，让你两边对称着粗粮、细粮搭配好，他接过来搭在肩上，口中不吐半个谢字，转身就走。

盐区，因为有了杨爷，外来的小毛贼以及沿街的乞讨者，如同小鸟见老鹰似的，都被他赶跑了。这正是杨爷能在盐区耍横的资本，为此，盐区人并不怎么讨厌他。

后期，杨爷年岁大了，腿脚不利落了，便收了个干儿子。那小家伙，左边眼睛里长了朵萝卜花，如同一泡喜鹊屎似的，白乎乎垛在眼球上，怪瘆人的！

杨爷叫他独眼。

最初，独眼上街，手托杨爷那顶破毡帽，沿街店铺的掌柜直犯疑惑，心想：这是哪来的野孩子，怎么逃过杨爷的眼，跑到这里要横来了。正要挥手驱赶，杨爷在后面却打起嗓子。

这时，人们才懂得杨爷有了继承人。

接下来，杨爷不出面，只要独眼托着杨爷的帽子出来，总有人给他往里扔些铜板儿。

年底，杨爷不知从哪里弄来一面破锣，赶在农历小年的那天傍晚，让独眼大街小巷里叫喊："农历二十三，灶王爷休假上西天！咣！咣！"

独眼的锣声，招来一大群孩子跟着围观。

农历二十三为辞灶。传说灶王爷在这一天，要回天上去，直至年三十的晚上才能回来。这种神话传说，民间妇幼皆知，他杨爷纵容独眼，滑稽可笑地敲着一面破锣瞎叫喊，又为哪般？

咣！咣！

后面的锣声里，便有了内容："灶王爷离家去西天，灶间烟火无人管。"咣！咣！听口音，灶王爷这几天不在家，灶间的烟火，要肆意蔓延了！

事实上，那段时间，家家户户开始忙年，洗香炉、擦灶台、刷桌椅、掸房尘、蒸年糕、打卷子、煮鸡、炖鹅……忙中有错，以至引起火灾的事，时有发生。所以，杨爷那边给你提个醒儿，尤其是晚间鸣锣喊叫的那一遍，是独眼儿自个编出来，恰似儿歌一样："小狗汪汪，出来张张；小狗咬咬，出来瞧瞧！"连三五岁的小孩子都铭记在心，且听到邻居家的小狗狂吠，孩子们还会提醒大人，快起来看看院子里是否进贼了。

杨爷的这套把戏，看似是善意之举，可三五天过后，其真实面目便显露出来了，他派独眼挨家挨户上门收钱。他为你们提醒防火防盗的信息了，灶王爷不管的事，他们管了。这大过年的，总该赏点银子吧。于是，那独眼托着杨爷的帽子，一家一户地上门讨要。

其中，也有不给的。

杨爷问是谁？

独眼报出三五家名单。

杨爷说："你再去要。"

独眼板着脸去了，再回来时，还有那么几家，死活不买他的账。

杨爷脸别在肩上，沉思了半天，猛不丁地扔过一盒火柴，让独眼趁夜色，去把他们家的草垛给烧了。

可，独眼握着火柴去后，把人家的房子给点着了。

杨爷惊叹之后，夸赞独眼："有种！"

当夜，着火的人家，鬼哭狼嚎，以至于整个盐区人都知道了。

次日，天不亮，杨爷亲自抵到那户人家的门上。但是，此时的杨爷，并非来逼钱，他雪中送炭——给你带来一笔数目不小的慰问金。

杨爷凭着这套法子，一个年关下来，他所收入的"保护费"，能赶上一艘渔船漂在海上一年的收成。而住在船上的人家，船体下边就是取之不竭的海水，自然用不着他杨爷来叫喊"防患火灾"。

但是，年初一早晨，杨爷领着独眼，把一张张大红的财神贴给你送到船上。那喜贴上写着：新年到，财神到，出海打鱼，网网抱！

此处的"网网抱"，是指出海打鱼时，那鱼虾多得择不过来，只有连鱼带网，一起抱到船上。

见到此等喜帖的船家，恰逢大年初一的早晨，谁能不讨个吉祥，赏给他几个喜钱呢。

这就是杨爷。

盐区人烦他，但并不恨他。离开盐区的人，一提到杨爷，人人都能讲出他一大串故事。

# 海笑

海笑，即海啸。它是近海水域发生地震，所引起的海水震荡。或者，沿海地区夏季河水暴涨时，恰逢海上大汐，汹涌的潮汐与上游奔突而来的山洪相抵御，瞬间冲垮堤坝，造成洪灾。这两种情况，盐区人统称为海笑。

海笑来临时，浊浪滔天，势不可挡。盐区百姓狭隘而又形象地理解为那是大海的欢笑。只有读过三、五年级的书童，才会板起小脸，给爷爷奶奶纠正："那不是海笑，是海啸。"爷爷奶奶先是一愣！转而，笑眼看着认真、乖巧的小孙子，说："啥海笑、海啸，还不是一样吗？"小孙子找来纸和笔，一笔一画地把海笑和海啸写在纸上，尖尖的小指头，一戳一点地指读给爷爷奶奶，说："这是海笑，这个是海啸！不一样的。"

爷爷奶奶看着小孙子指指点点的样子，仍旧乐着说："是呀，海笑，海啸，这不还是一样吗？"小孙子没有招数了，干脆不跟他们说了。

盐区人咬字不准，海啸与海笑，同发一个读音。所以，海笑的说法，至今还在盐区流传。

公元1893年，盐河入海口发生大海笑。势如破竹的洪水，冲开盐河大堤，如狂野的飓风，一路呼啸而去。瞬间，淹没了附近十几个村庄和上千顷良田，造成大面积房屋倒塌及人员伤亡。

江苏巡抚得知盐区灾情惨重，担心朝廷追责下来受到株连，快速做出反应：他们集万祸于一身，以治河不利为由，向吏部建议废黜盐区的地方官周润卓。

这是为官者丢卒保车之计。可此等鄙劣手段，将直接断送周润卓、周大人的仕途。

周润卓，字永，名卓著，安徽萧县人。父亲周亚轩，咸丰年间秀才，后因家道中落，放弃科举，在家乡开馆办学。少年时的周润卓，受父亲的影响，痴迷书香，只因家中兄妹多，幼年时常常食不果腹，饱受了几多生活的磨难与煎熬。但他苦其心志，勤奋耕读，于光绪十八年考中进士，踏上了父亲渴望而未及的仕途。

此番，周大人踌躇满志地来到盐区上任还不到一年，却让他赶上了一场罕见的大海笑。灾后，面对满目疮痍的凄惨景象，同僚不但没有向他伸出援助之手，反而一纸奏章，将他弹劾上去。

听候发落的日子里，周润卓，整日闷闷不乐。时而，想到自己"十年寒窗"，将要毁于一旦，不禁热泪滂沱。

这天晚饭后，府衙里一个文书，拎个西瓜来看望他。月光下，两人坐在院中石桌前叙话，三言两语，聊到此次海笑。周大人长叹一声，说："本官，仕途不济，十之八九，将要毁于这场洪水。"

那个文书是盐区本地人，他早已听到外界传闻。此刻，见周大人心灰意冷，宽慰几句后，说："大人何不走走门路，活动活动。"

周大人说："本官此地无亲无故，有何门路可走？"

文书说："咱们盐区有钱人多，在外面做官的也多。如沈家的二公子，先前在翰林院候缺，近期好像到邮传部任职了。"那文书建议周大人不妨走走沈家的门路。他帮周大人分析：此等地方上的事，若是京城里有人能递上话儿，没准也就大事化小，小事化了了。

周大人略加沉思，问："如何才能打通沈家的关节？"

文书说："沈家老父，尚住盐区，可以先去拜见，探其口风。"

周大人感觉文书的话可行。当下，看时候尚早，便让那文书拎上刚才他带来的那个西瓜，趁夜色，一同来到沈家。

沈家老爷子，看周大人夜间来访，猜到他有要事，待听明对方来意后，当即修书一封，让周大人亲自去趟京城。

周大人喜出望外，千恩万谢沈老爷。回头，送客时，沈老爷问他何时动身？

周大人说："我这就回去准备，明日一早启程。"

沈老爷略顿一下，说："这样吧，你不妨推迟一天，赶明儿，我让家里人买点海货，你顺便给我带去。"沈老爷子说这话时，还说，"海边的人，不管走到哪里，都忘不了家乡的这口鲜货。"

周大人反应很快，马上把话接过来，说："这个您老就不用烦心了，我回去连夜准备就是了。"

次日一早，周大人备足了各类极品的海鲜，早早地启程了。

赶到京城，见到沈家二公子，大致把情况一说，沈家二公子便很开明地说："事情我可以帮你通融，但是你要花点银子。"

周大人当时就冒汗了，他此番进京，本认为凭沈父的家书和他大包小包的海鲜，就可以把事情办妥。没想到，拜到沈公子门下，前者的书信、海鲜，如同先前那个文书的西瓜一样，都成了伴手礼。要想疏通后面的官道，还要金银铺路。

周大人空握两手热汗，问沈公子："需要多少？"

沈公子没说需要多少，但人家画了圈子，说吏部那边的胃口越来越大了，眼下，没有三五百两银子，只怕瞧不上眼呢。

周大人傻了，三五百两银子，那可是他十年的俸禄呀。

此刻，他身上只有回家的盘缠，没有多余的银子。但是，周大人留下一个活口，跟沈公子说："待事情办妥以后，我一定重谢！"

沈公子一听此话，当时的叙话就淡了。

初入官道的周润卓、周大人，他哪里懂得，这官场上买官卖官之事，如同妓馆里的肉欲之欢，总是要先付银子，再求快活的。哪有快活完了，再去谈价论价的道理。

所以，周润卓此次京城之行，不但没有达到预期的效果，反而产生了负面作用。

吏部那边，原本没打算撸去他的官职。自然灾害，并非为官者无能。但是，沈家二公子在周大人跑官期间，没有套到他的银子，心生不满，不但没有说他的好话，反而落井下石，说他在灾后重建时没有履职，四处跑官要官，且有"证据"在手，一家伙将其革职查办。

后人提到此事，都说：身边有什么样的神婆，就要得什么样的怪病。他周润卓丢官，就是个鲜活的例子。

《小小说选刊》2017年第13期

# 随礼

胡子围上宅院时，祁老爷已有所防备。

那时间，盐区沦陷，土匪四起，民不安生。打家劫舍者，随便往前一凑，就是一个帮派；而看家护院的权贵们，自顾不暇，反倒成了一盘散沙。所以，盐区有钱的大户人家，纷纷购枪、制炮，或雇用镖局，或私养家丁，以备匪寇来袭。而一般的小财主，像东门外祁本福、祁老爷家那样，拥有几十亩盐田的富裕户，只能靠自身提高防范意识，关紧房门，藏好自家的钱罐子、粮袋子和年轻貌美的姨太们。

那夜，祁老爷正和衣躺在阁楼的过道里，忽听隔壁人家的狗狂吠不止，立马警觉起来，祁老爷披上衣服，猫着腰，摸到阁楼上面的小窗口，迎着尖尖的小北风，伸头朝狗叫的方向张望，果然有几个黑黢黢的鬼影，正向着他家的宅院包抄过来。

祁老爷预感到事情不妙！他赶紧缩回身子，跑到楼内喊叫："快，快起来，抄家伙！胡子围上来了。"

正在睡梦中的祁太太，一听胡子围上来了，瞬间吓得没了主见，好半天才醒过神来，忙去床头摸子弹夹。祁太太不会打枪，但她在丫鬟豆花儿的指教下，学会了上子弹夹，而且能在黑暗中，娴熟地把那种花生米大小的子弹粒儿，一颗一颗地按进豆角宽的子弹夹里。

豆花儿手脚麻利，她听祁老爷喊叫抄家伙，伸手就从枕头底下摸出"盒子"，且光着一双玉足，跑到祁老爷跟前，悄声问祁老爷："胡子在哪？"

祁老爷用眼神告诉豆花儿，胡子们正在院门口集结。

豆花儿借助门灯的光亮，隐约地从大门的缝隙里看到门外有人影晃动。刹那间，豆花儿来了主意，抬手一枪，打灭了廊檐下那盏可以照亮院内院外的门灯。

祁老爷一愣！

院门外的胡子们也随之一惊。但是，胡子们很快做出破门而入的反应，他们抬起一根事先准备好的滚木，打门前加速撞向祁家大门，只听"咣——当"一声，门闩断了，大门也随之倒了一扇。但原本鱼贯而入的胡子，瞬间又被院内密集的火力给压了回去。

豆花儿在打灭门灯以后，灵巧地顺着一根廊柱滑到一楼院内，并借一楼的廊柱为掩体，在黑暗中打一枪，换一根廊柱。此时，祁老爷在楼上也不停地放枪。胡子们几次强攻失败后，不得不退到院外去。

其间，豆花儿枪内的子弹打光了，她要到楼上祁太太那里去换弹夹，院内的枪声稍一停歇，胡子们就抓住这个空当，再次围攻上来，没想到豆花儿上楼的工夫，新的弹夹就推上枪膛，并与祁老爷联手，绕阁楼的回廊，左右夹击，再次打退了胡子。

胡子们几次围攻告败后，队伍中便有人开始骂娘了："妈儿巴的，豁子呢，你不是说他们家只有两只狗吗？怎么四处咬人。"

豁子，是指扒沟子、通风报信的人。

狗，是指主人家的枪支。

看来，那位扒沟子的主儿，对祁老爷家的情况很熟悉。但对方并不晓得藏而不露的小丫鬟豆花儿拥有一身好功夫。她是祁太太娘家那边带来的贴身小丫鬟。表面上看，她是祁家的使女，其实，她早就是祁老爷的暗妾了。祁太太每月来月经的那几天，或是祁太太身体不舒适的时候，祁太太总是让豆花儿去陪祁老爷过夜。豆花儿与祁老爷早就是一家人了。所以，此番迎击胡子，豆花儿拿出了看家的本领，使出了浑身的解数。她楼上楼下地放枪，时而，还"嗒嗒嗒"连射几响，弄得胡子们摸不准祁家到底有几只狗。

可胡子们根据枪声判断，祁家不只是两只狗。于是，便拿豁子出气！黑暗中，就听"吼吼"两声脆响，分明是在捆那人耳光。

"妈的，祁家到底有几只狗？"

"……"半天无人应答。

想必，那个被打的豁子，正无言以对呢。

"去，去弄点颜色给他们看看！"说话间，就听"扑通"一声，豁子被对方一脚给踹在地上了。

接下来，就见一个黑影扛着一捆柴火，摸进祁家大院。气急败坏的胡子们，攻不下祁家，要给他们家纵上一把火。

可那位纵火者，怎么也没料到，就在他划着火柴，准备点燃竖在门柱上的柴火时，早有防备的豆花儿，手起枪响，纵火者捧着手中的亮光，一头栽在地上了……

紧接着，后面跑上来两个胡子。

豆花儿再次把枪口瞄向他们。然而，这一次，豆花儿在扣动扳机时，她的枪管被祁老爷猛抬了一下，子弹没打中那两个胡子，反而让他们把先前倒在门柱旁的同伴抢走了。

当下，豆花儿有些不解。可等胡子们逃走以后，祁老爷告诉豆花儿："尸体留那儿，是个隐患！"

果然，三天后，西大街阿贵家的三儿子客死他乡，说是一伙人在海边打鸟时走了火，枪子儿穿了脑袋。

祁老爷一家都明白，那人是豆花儿的枪下鬼。但，祁家人都装作啥事没发生过一样。

次日，阿贵家哭哭嚷嚷办丧事时，祁太太问祁老爷：

"咱们是不是也该去出份丧礼？"

祁老爷思忖了半天，从怀里摸出两个铜板，示意豆花儿："你去吧，以我的名义，随个乡邻份子就行了。"

事后，祁老爷跟豆花儿私下里说，那天晚上，你若把抢尸的人再打死，咱们家的麻烦事就大了……

《小小说选刊》2017年第12期

# 寻宝

　　天快黄昏时落起了雪籽，密密麻麻的雪粒儿，打在树枝上、房檐上，"沙拉拉"地脆响乱蹦。西巷的瞎四姑，顶着满天飞舞的雪粒儿，一路摸扶着墙，来了，又走，回头又来了。惠嫂就知道她有事，并猜测她家里十之八九又断炊了，随手从墙角的草窝里抓了两个冻地瓜跟她到巷口，一面把地瓜塞到四姑怀里，一面问她："四姑，你是不是有事情？"

　　四姑抓过地瓜的同时握紧了惠嫂的手，跟惠嫂说："回头，你到我家来，我跟你慢慢地说。"

　　惠嫂是四姑的娘家人。

　　按照北乡家族这边的辈分，惠嫂应该叫她二大娘。可惠嫂念及娘家的亲情，来北乡十几年，一直没有改口，始终叫她四姑。

早年，四姑的娘家那边，是盐河口有名的大财主。

土改时，她娘家的盐田被分了，房屋也变更了主人。全家上下十几口人，唯有四姑一个人活了下来，但她被硬生生地许配给盐河北乡患有痨病的吴家老二。

四姑的眼睛，就是在那个时候哭瞎的。

后期，吴老二病死了。他给四姑留下两间破茅屋和他的哮喘病。

四姑被吴老二感染上哮喘病后，见天"喀喀喀喀"地咳嗽。有时，她一口气"喀"下去，直至后面的声音忽略不计了，她还在那气若抽丝地张着大口咳嗽。

惠嫂看四姑现在的这个样子，总有些于心不忍。她见过四姑在娘家做闺女时的美貌，也见证着四姑锦衣玉食的那些好日月。

"看大戏的时候，人家是坐在戏楼里的。"

惠嫂说起四姑的过去，眼神里、语气里，满是羡慕。以至现在，惠嫂一想到四姑在娘家做闺女时的金贵，依然认为人家是金枝玉叶。时而，不经意间，惠嫂还会把四姑当作财主家的大小姐一样敬重呢。

四姑呢，懂得惠嫂对她好，她把惠嫂当亲人，有事没事的常来惠嫂家这边坐坐。但是，像今天这样，她顶着风雪来了，又走，走了又来。显然，非同寻常。惠嫂猜测，四姑一定遇到了难处。

晚饭后，惠嫂如期来见四姑，老远听见四姑又在咳嗽，想必，天气骤冷，四姑的咳嗽加重了。

果然，进门后，四姑长叹一声，捂着自个的胸口，对惠嫂说，她可能活不过这个冬天了。并说，她在西街贾郎中那所赊的七服草药，已经吃完了……

惠嫂从四姑的语气里，猜到她想借钱。

但是，惠嫂没有料到，四姑在这个时候，与她提及了她娘家的祖业。四姑问惠嫂："你可记得我娘家那套三进院落的高门大院？"

当下，惠嫂吓一跳！心想，四姑今天怎么了，还敢提她娘家的祖业。这可是搞复辟、想变天呀，那还了得！

惠嫂压低了嗓音跟她说："四姑呀，之前我不是跟你讲过吗，你家的那套房子，前院和中院，早已经被改成了村小学。后院，分给改穷家了。"

惠嫂没好说，你可别再提你娘家的田地和房产了，那些早已经被划到别人的名下，与你没有任何关系了。你若再说那是你家的高门大院，没准儿将要遭遇牢狱之灾。

事实上，四姑自打被嫁到北乡来，她对娘家已经绝望了，以至于十几年来，她都没有回过娘家。而今，她提起她娘家祖宅，是想跟惠嫂说另外一件事。

四姑告诉惠嫂，说她家有一罐钢洋，埋在改穷家现在居住的廊檐下，也就是她祖宅的后院里。

惠嫂略惊一下，说："是吗？"

四姑说："你看这样行不行，我把藏钢洋的具体位置说给你，你去改穷家与他们商量，让他们挖出钢洋后，给我几个，让我度过这个冬天。"四姑没好说，她现在连吃药活命的钱都没有了，否则，她不会去动那个心思。

惠嫂点点头，记住四姑所说的藏宝之地，连夜回了娘家。

第二天，惠嫂带着一脸疑惑回来，问四姑："你是不是记错了地方？"

惠嫂说，昨晚上，她与改穷父母，按照四姑所说的地方，挖找了大半夜，别说钢洋，连个铜板都没找到。

那一刻，四姑脸上的表情，如同风干了数年的咸鱼一样呆滞。

四姑半天无话。

回头，惠嫂等她下文时，四姑这才自言自语地嘀咕了一句，说："怎么会没有呢？"

惠嫂说："没有。"

惠嫂说："你所说的那块石板已经掀开了，石板底下，除了黄土，就是石头，根本就没有什么瓦罐罐。"

四姑低头沉思了半天，说："那可能是我记错了！"随后，四姑便埋头"喀喀喀喀"地咳嗽起来，并给惠嫂打手势，不提那钢洋的事了。

事后，惠嫂隐隐约约地觉得，四姑怀疑她与改穷家私分了她说的钢洋。

因为，自从那天以后，四姑就不再与惠嫂来往，以至，

惠嫂看四姑现在的这个样子，总有些于心不忍。她见过四姑在娘家做闺女时的美貌，也见证着四姑锦衣玉食的那些好日月。

半月后，四姑一个人投河自尽了，她都没来见惠嫂一面。

为此，惠嫂心存不安！

后来，惠嫂把四姑的死讯带到娘家。改穷的母亲用一块红布，包了一撂钢洋送给惠嫂，说是让惠嫂买些糖果给孩子吃。

惠嫂有所不知，她来改穷家说宝之前，改穷家的母猪在院子里拱食吃，无意中拱开了那块压在瓦罐上的石板儿，也就是说，人家早已经找到那罐钢洋了。

而今，四姑死了，改穷的父母，不知是出于良心发现，还是别的什么原因，莫明其妙地给惠嫂送来一包钢洋。

惠嫂呢，拿到那钢洋，先替四姑还清债务。随后，找了辆板车，去镇上代销店，买了一大车火纸，拉到四姑坟前，烧了三天三夜。

# 遗训

刁家铁货铺，以砸铁壶而闻名，兼顾着也砸铁桶、铁盆、铁碗、铁勺、铁舀子等铁质器物。按理说，刁家铁货铺应该叫刁家砸货铺。可生意人忌讳那个"砸"字，便笼统地称之为铁货铺子。

刁家铁货铺，坐落在西大街口。乍一看，刁家父子视铁如敌，他们把坚硬的铁皮按在长凳上，伏下身躯，"叮叮当当"地砸得解恨！转而，到他们家后院里去看，墙上挂的、地上摆的、条案上放置的，全是亮锃锃的白铁皮卷制的成品、半成品物件儿，件件都很精美。其中摆设最多的，还是那个时期较为盛行的铁皮壶。

刁家的铁皮壶，有底盘宽大、上口紧小的锥形壶；也有两头小、中间粗的花鼓壶，还有一种是专门用于小孩子热饭、炖鸡蛋的长把子壶。那种长把子壶和花鼓壶，大都放置于锅台后面的烟道上，烧火做饭时，装一壶水在里面。回头，饭做好了，水也顺带着烧开了。刁家的壶，别管什么式样，皆很灵巧、精致、严丝合缝儿。蓄水后，遇火"嗡嗡"作响，如滚春雷。借用时下一句话说，刁家的壶是名副其实的拳头产品。

民国年间，白铁皮较为稀少，刁家父子锤下敲打出的铁质物件儿，一经上市，便在盐区赢得了船夫们的喜爱。船上的器物，随船在大海里搏击风浪，瞬间都有相互碰撞的可能。而刁家手工敲打出的铁质器物，不怕碰撞，恰好适应于船上使用，尤为难得的是，刁家的铁桶、铁盆不但轻便，还能像俄罗斯套娃那样，将几个，甚至一串大小不一的铁桶、铁盆套装成一体存放，这对于面积有限的船舱来说，难能可贵。

盐区百姓也都喜爱刁家的壶。家家户户都以购得刁家的壶而荣耀。南来北往的盐贩子、鱼贩子，路过盐区时，都要带上一两件刁家的铁壶、铁舀子回去。

刁家原籍江都，在盐区算是客家人，偌大的盐河码头上，就他们一户人家姓刁。所以，刁氏父子初来盐区时，连三岁的小孩子都不得罪，时而，还分些糖果给小孩子们吃。刁家的大儿子刁斗，来盐区时已经娶妻生子，小妹刁兰虽未出阁，却正与店里的一个伙计相恋。

记不清是哪一年，刁家老父过世后，哥嫂要与小妹分家。此时，小妹已经完婚，并与丈夫整日帮衬在哥嫂的店里。猛然间，哥嫂让小妹另立炉灶，目的，就是要把小妹逐出家门，独享铁货铺的生意。

小妹当然不乐意。

可按照祖上规矩，手艺人的手艺，传男不传女。小妹出嫁后，赖着娘家不走，无疑是在抢夺哥嫂的饭碗，哥嫂的心里自然不爽！但是，哥哥毕竟是哥哥，他心中的不快，并没有表现在脸上，而是体现在对小妹的呵护上。哥哥送给小妹一些尺子、锤子、墨兜，以及店内陈年积攒下的部分铁皮，让她带着妹婿，远走他乡，另立门户。

小妹含泪接过哥嫂赠予的物件，但她并没有走远，就在哥嫂家对面，另开了一家铁货铺儿。

小妹想分享哥嫂那边的财源。没料到，她这边的生意并不好，顾客们路过她家的门口，脚步都不停留，全都奔着哥嫂那边的老店去了。

小妹眼睁睁地看着哥嫂那边整日"叮叮当当"忙个不停，而她家这边冷冷清清，无人问津。许多时候，一整天都等不来一个客户。于是，小妹便想出种种招揽人气的招数，先是放低价格，同样的铁壶，哥嫂那边卖九个铜板，她这边只收八个，甚至七个铜板也卖。再就是买一送一，凡来购桶者，免费送一把铁舀子；购壶者，再搭配上一把小巧的铁勺子。尽管如此，小妹这边的生意，远不能与哥嫂相比。

眼看小妹的生意一天不如一天，哥嫂那边先是畅快，后又怜悯。后来，哥嫂那边干脆把修壶、补桶的零碎活儿让给了小妹。再有人上门修壶、补桶者，哥嫂以手头活路紧为由，故意将其推到小妹那边。

对此，小妹心知肚明，但她并不领情。小妹做梦都想与哥嫂争市场。她恨哥嫂挤对她，将她逐出家门，以至于兄妹之间，迎面走在街上都不说话。后来，两家的小孩子见面后都互相骂爹、骂娘。

这期间，说不准是哪一天，一个顾客在哥嫂那边刚买了一把新壶，烧水时稍没留神，水干见底了，抢着拎起来时，随着一股青烟散去，壶底还是裂开了。找到哥嫂那边去修补，哥嫂将其推到小妹这边。

小妹摸过那把新崭崭的铁壶更换壶底时，忽而发现壶底的铁皮较壶筒的铁皮薄了许多。这是有悖祖上手艺的。壶底的用料要厚，壶才耐用，大哥难道不懂这个道理？小妹愣了片刻，忽而想到，近期哥嫂那边只卖新壶，不修旧壶。心中不由得一怔！随即找出往日哥嫂卖出的壶一一查看，果然壶底的铁皮，一概薄了型号。

小妹懂了，哥嫂这是在给她留生路。

至此，小妹再不说哥嫂的坏话，并于当晚，把自家砸好的铁壶、铁桶啥的，一股脑儿地送给哥嫂。小妹这边，只修旧壶，不卖新壶了。

时至今日，盐区西大街上两家挨在一起的铁货铺子，仍然是一个"卖新"，一个"补旧"。

据知情者说，当年刁家先父去世时有交待，哥哥只"卖新"，不能"修旧"；妹妹只"修旧"，不能"卖新"。由此，兄妹之间互不抢夺对方的生意。半个多世纪过去了，盐区这两家砸铁壶的兄妹后人，仍然坚守老辈传下来的遗训。

《小小说选刊》2017年第11期

# 问碑

　　张先生家里是有些田地的，都在城南的半山坡上，仆人帮他耕种，张先生教书。

　　张先生教书的地方取名半山堂。一者，那学堂坐落在半山坡上；再者，在张先生这里读过书的学生，要想深造，还要到淮安府或江宁府去续读，他只教了学生们一半（相当于高小毕业）。但是，张先生这里，每年都有走出去和送进来的学生，多则十几个，少则三五个。有时，两三个他也教。

　　由盐区通往半山堂的那条山间小径，是张先生与他的学生一步一步踏出来的。可以想到，春来芳郊绿遍时，山径花开，景致还是很美的。

　　有一天，张先生又像往常那样，挟着书本往山上走，仆人拦住他说："山上已经没有学生了。"

仆人说的山上，是指他的半山堂。

那一刻，张先生才想起来，连日炮火，把盐区的百姓都给吓跑了。

盐区，坐落在盐河的入海口，同时又是东陇海铁路线的起点，属于兵家相争之地。

抗战初期，日本人在前三岛上集结，国军第57军、第89军一师，料到小日本要在盐河口抢滩登陆，便派重兵把守。

日本人原计划用两艘铁甲舰，就可以横扫盐区。没料到，小日本的铁甲舰闯入国军的伏击圈以后，两岸的炮火，如同沸水中煮饺子，很快就把那铁甲舰给打沉了。

接下来，国军猜到日军会卷土重来。但国军没有想到小日本会迂回内陆，从青岛、日照出兵，给国军来了个腹背受敌，一举将盐区的城池攻破。

好在，日本人迂回内陆的那段时间，给了盐区百姓一个撤退的时机。等到日军攻破城池，盐区已是一座空城。城内，有钱的大户人家，租一艘大船（或自家本身就有船只），携家带口，带上细软的物件儿，沿运河、走长江、奔芜湖、去九江、到重庆等内陆城市去躲避战乱。而市井百姓，则肩挑、车推着家中的食物与用物，拖儿带女地到乡下投亲靠友。

张先生没有走。

张先生坐守学堂，他眼睁睁地看着他的学生，一个一个弃学而逃，而他，却像什么都没有发生。直至他身边的仆人告诉他："学堂里已经没有学生了！"张先生仍然挟着书本奔学堂里去。

是年，张先生的学生郝子善，在盐区做伪县长。张先生料他也不能把他这个老师怎么样。但张先生很瞧不起他那个狗屁学生——郝子善。

张先生教过的学生，有经商的，有当官的，也有回乡收鸡鸭毛、记流水账目的。像郝子善那样，从张先生的半山堂读到江宁府去，再回过头做伪县长的，纯属于蝎子的粑粑——独一份（个）儿。

张先生瞧不上郝子善那身软骨头，可郝子善那身"软骨头"偏偏在日本人面前挺直了腰杆，做上了伪县长，且能在皇军面前说他张先生的一些好话。张先生说不上是恨他，还是感激他。

这一天，郝子善带着几个鬼子兵来请张先生，说是日本人发现了一块石碑，要请张先生去解析。张先生心里骂自己，我怎么教出了这么个哈巴狗似的学生。但表面上，他还得屈从于日本人的荷枪实弹。由此，张先生也不难想到，他郝子善在日本人那边当差有多难。

郝子善如此这般地把那块石碑的事，向张先生做了交代，并暗示张先生，到了皇军面前，要拣好听的话去说，还教给张先生怎么去哄骗日本人。当时，翻译官不在跟前，几个戴"猪耳"帽的鬼子兵不懂汉话。郝子善与张先生交代了什么，鬼子兵是听不懂的。

但张先生听明白了，他回房换上了当年他考中秀才时，朝廷发给他的那身朝服。

在张先生看来，他穿上那身长衫、大褂的朝服，表明他是一介书生，看日本人能把他怎样。

岂不知，日本人正需要他那身长衫、大褂。日本人在盐河码头上发现的那块石碑，上书三个大字——防倭碑。先后找了几个文化人，都没有把那三个字解释清楚。

此番，请来个穿长衫、大褂的秀才，日本指挥官东太日郎很是高兴，他知道中国的秀才，都是很有学问的。

码头上，日本人布置了一个规模宏大的场面，邀请到当地许多文人雅士以及地方官员，一起来聆听张先生解读那座石碑。

张先生知道，日本人并非不知道那三个字的意思。他们之所以要这样做，是想让中国人自己来灭自己的威风。至于，那石碑该怎样讲，伪县长郝子善已经教给他了。

可谁也没有料到，张先生看到那块石碑以后，忽而怒不可遏，他首先指着石碑中间的那个"倭"字，说：倭者，矮人也。《汉书·地理志》云：乐浪海中有倭人，指的就是你们日本小矮子。而防者，警惕也！诠释到落款时，张先生更是慷慨激昂，他正告日本人，此碑始立于明朝嘉靖年间，即抗倭名将戚继光曾派兵灭倭寇于此。立碑，以弘扬我中华民族之国威。

张先生的这一番言辞，可吓坏了一旁的伪县长郝子善。他知道自己的老师惹下大祸了。可他没有想到，日本人的枪响以后，倒在地上的不是张先生，而是他郝子善。

原来，日本人让郝子善去找个有文化的人来捧场面，没想到找来个"砸场子"的。再者，在这之前，郝子善为讨好日本人，他把那个抗击倭寇的防倭碑，说成是中国人访问日本岛国时，在此启航，以此立碑存念。

日本人觉得郝子善捉弄了他们，当场将他干掉了。

随后，东太日郎向张先生竖起大拇指，夸赞他有骨气，是中国人的骄傲。然而，当东太日郎的手臂突然落下时，张先生一口鲜血喷涌而出——副官从其背后，给了他致命的一刀。


后记：张先生大名张学瀚，字百川，清光绪二十二年（1896年）秀才。光绪二十五年被举贡生。宣统元年（1909年）废科举而自办新学——半山堂。

# 探亲

晚清以后，在盐区的读书人里头，书念得好、官也做得好的，当属沈万吉的大儿子沈达霖。

沈达霖，字雨辰，号雨人。他自幼聪慧，十二岁时中秀才，十七岁中举人，光绪二十年（1894年）考中进士，并以品行端庄，文才拔萃，直接入翰林候缺。先后任浙江盐官道台，后到邮传部行走，等他到吏部任职时，便掌管全国文官的挑选、考察、任免、升降、调动、封勋等。那时间，他手中的权力可大啦。

盐区地方志记载，沈达霖在吏部任职时，曾回乡省亲一次。沿途过州，州接；经县，县迎。

时任盐区地方官的吴兆良，提前两个月，得知沈达霖将从天津塘沽口码头登船至烟台，再从烟台乘船去青岛——即走水路回盐区，便兴师动众地在盐河码头搭建临时驿站恭候。

岂料，沈先生在青岛港上岸休整时，被即墨任职的一位同窗接去。随后，沈先生便改道走沂州，折赣榆——走陆地回盐区。

这下，可忙坏了盐区那个地方官吴兆良。他在盐河码头昼夜恭候数日，忽而，听说沈先生改变行程，要他到盐区与赣榆相接的沭河口迎见。

当时，官府的通信设备完全依靠信函或口口相传；交通工具也仅局限于武官骑马，文官乘轿。盐河码头至沭河口，约六十里路的行程，吴兆良四更上路，外加一个半晌才赶到。可此时，沈先生早已在沭河口登岸，到附近一个叫房山的小村看望他老姑去了。

房山，因境内有座小山像大户人家高大的房屋而得名。它隶属盐区管辖，但离盐区较远，与赣榆一河之隔，属于"一河划两省，犬吠惊三县"之地，自古民间有"遇事三不管"之说。

沈达霖的姑姑之所以远嫁房山，是因为她年轻时偷读了《西厢记》，并学着书中崔莺莺幽会张生的做派，与家中一位年轻的教书先生演绎出一段不可饶恕的风流韵事，不得已才下嫁到此地朱家为妾。

朱家，是房山有名的大户。沈达霖少年时，曾跟着祖父到姑家来过一次。印象中，姑家依河而居，挺高的门楼，挺大的院子。姑姑自出嫁以后，怕给娘家人脸上抹黑，很少再回娘家。娘家人似乎早把她忘了。

此番，沈达霖奔着房山一户高门大院找去，守门的家丁告诉他：他要找的人，住在村口一座破旧的祠堂里。

当时，沈达霖就觉得不对了。在沈先生的记忆中，姑姑家是高门大院。然而，等他在村西口的破祠堂里见到面容憔悴的老姑时，眼前凄凉的景致，让这位头戴三品顶戴花翎的娘侄，顿时愣住了！

老姑认出沈达霖，叫一声："侄儿！"泪水随之扑簌簌地滚下来。

沈达霖喊一声："老姑！"当场就给老姑跪下了。

接下来，姑侄俩人，含泪叙话。老姑告诉他，九年前，姑夫死于一场霍乱。家族中的胞弟，看她不是朱家正室，便欺她孤儿寡母，料她年轻轻佻，守不住青灯寡欲，便百般刁难。无奈之下，她退居祠堂，这才平息了那场因丧夫，而引发的夺产风波。

沈达霖听老姑一番哭诉，心中就像被人捂上一把盐一样难受。他想给老姑伸冤，找朱家人理论一番；更想收拾当地的乡绅、地保及州官、道台们，恨他们不给老姑主持公道；同时也痛惜他这个做娘侄的，没能及时来给老姑撑腰。可老姑听了沈达霖的想法后，连连摇头，说他们朱家的事情，自有朱家人来解决，不需要惊官动府，更不用他这个做娘侄的来插手。

沈达霖于心不忍，他要帮老姑把她现居的祠堂修葺一下，再把周边的围墙拉起来，让寡居的老姑，能生活得安稳、妥帖一些。

老姑说："贤侄呀，你这次一来，已给老姑长了脸面！在乡邻的心目中，无形中为老姑筑起了一道高大的心墙。这以后，只怕是再也没有人敢欺负你老姑了，我还要什么围墙呢。"

一语未了，只见从远处赶来一队人马，打头的就是盐区那位地方官吴兆良。他得知上官沈达霖就在眼前破旧的祠堂里，一进院落，就"扑通"一下跪在那里，直呼："下官，来迟也！"

此时，沈达霖正气不打一处来呢！他听到门外的呼声，知道是此地的地方官赶来了，眼角的余光瞥了一下，睬都没睬他，仍旧与老姑慢条斯理地叙话，说一些表弟读书、上进的事。

老姑见院子里黑压压跪着一片人，提醒侄儿说："你过去看看吧！"

沈达霖心如止水，且面带怨气地说："叫他们跪着吧。"

在沈达霖看来，这帮狗官，让他老姑在此地吃了这么多苦，这阵子，就该让他们多跪一会儿。

可老姑看不下去，她跟侄儿说："这里不是官府，而是你老姑家的祠堂，你还是过去看看他们吧。"

沈达霖这才扶起老姑，一同走到院子里。

但此时，沈达霖并没有去搭理眼前那些官员们，他扶着老姑，目不转睛地盯着祠堂房顶上的杂草、断瓦仔细察看。其间，看似与眼前破旧的门窗说话似的，告诉跪在地上的那帮官员，说："都起来吧！"

即便如此，沈达霖仍然没有去看吴兆良一眼，他搀着老姑，围着房屋转了又转，且，有一搭、没一搭地说："此处有山、有水，风景还是蛮不错的。"并说，这地方，若是放在京城，被慈禧老佛爷看到了，建上一处园子，那还了得！

沈达霖说这话的时候，盐区的地方官们，都紧随其后。想必，他们一个个都听到了。

事后，也就是沈达霖看过老姑之后，当地官府，立马派人来，翻新了沈达霖老姑的宅院，并在此处规划、建设了一处挺大的园子。

而今，半个多世纪过去了，房山镇上最豪华的私家宅邸，仍然是晚清重臣沈达霖老姑家的那片宅院。

# 相亲

张诚是个木匠，他领着膝下两个儿子大奎、二奎，依附于盐区几家船坞，专做船上配套的木桶、木盆、木勺、木碗、木锹、木枕头、木牙签、木耳挖子之类轻巧、细致的日用木器。

张诚的木工手艺好，他所做的木器家什，样样精美、耐用。简单的一个小物件儿——船上用来汲水的小量子，同样的木材，经他张诚手中麻溜出来，看似与普通的小量子没什么两样，可随你怎样变换角度往水中去扔，蓄水口总是朝下的，且在落水的一瞬间，总能听到"咕，咚——"一声，自个儿把水蓄满了。许多木工师傅，做了一辈子木工活计，都难琢磨出其中的道理来。可，有一天，张诚的小儿子二奎，不声不响地做出了父亲自认为是绝技的小量子。那一刻，张诚知道，二奎解开了边口上做手脚的奥秘。

于是，某一天晚饭桌上，张诚用眼神指着门旁备好的一套木匠家什，告诉二奎，说："你的脑瓜子好使，可以到外面闯荡了。"父亲说这话时，可能觉得他这个做父亲的，有愧于儿子，自个儿先把头低下了。末了，父亲还是看着一旁正捧着黑瓷碗喝粥的大奎，告诉二奎，说："家里的活路，留给你哥，你到外面另谋生路去吧。"

在父亲看来，盐区这地方，有一家与船上配套的木器铺，就足够了。如果大奎、二奎都留在盐区，总有一天，二奎会把大奎的手艺"吃"掉的。

大奎为人木讷，手脚也笨拙。从小，兄弟俩一起在盐河边玩海泥，二奎手中团一块泥蛋蛋，三捏两捏，就捏出了一只憨态可掬的小胖猪，或是一只嘴巴扁扁长长的小鸭子。大奎可好，同样的泥团儿在他手上，捏了半天，不是泥蛋蛋，就是泥片片。

父亲打小喜欢二奎。但是，在考虑两个儿子未来生计时，他还是狠下心来，要把家族中的木器铺留给大奎。这个道理有点像竞技场上，观看两个拳击手打比赛，人们总会把呵护、关爱、怜悯的目光，投向弱者的一方。父亲告诉二奎，说盐河口的渔船，每年开春时，都要顺着潮汐下南洋。言外之意，让二奎带着木匠家什，到南洋那边混事去。

盐区人说的南洋，并非是菲律宾、海南岛那边的南沙、西沙，而是上海吴淞口，或是浙江舟山群岛那一带。在盐区人看来，只要是离开盐河口往南去的海洋，都属于南洋。这就是说，只要二奎离开盐区，不与大哥在同一个地盘上争饭吃，父亲就满意了。当然，父亲的这个决断，对二奎来说，似乎有点残酷。

那一年，二奎还不到十九岁。

之后，十九岁的二奎，真的像父亲说的那样，背起一套木匠家什，两眼茫茫地迈出家门——离开盐区。

当年腊月，家里人张罗给大奎相亲时，二奎从外面回来了。看样子，二奎在外面混得不错，从头到脚一身赶潮流的行头，这让全家人为之兴奋。

那时间，城里的青年人流行长围巾、双排扣的装束。有位近门的嫂子看二奎穿来那样一件短大衣，便让他脱下来给大奎穿着去相亲。没料到，二奎的衣服穿在大奎身上，如同往麻布袋里塞棉花，通体上下，滚溜溜的圆。大奎太胖了！

家里人很看重大奎的这桩婚事。

听媒人说，女方是燕尾港七道沟那边一户财主家的闺女，会打算盘、会写字。在父亲看来，天性木讷的大奎，能娶个识文断字的媳妇帮他持家，百年之后，他命入黄泉，也无惦念了。

可二奎的衣服，在大奎身上穿不出个风度来可咋整呢？情急之下，那近门的嫂子想出一个馊主意，让二奎代替大奎去相亲。

二奎的相貌与大奎相差无几。再说，二奎机灵，万一相亲期间，女方出个啥刁难的话题，二奎也能应机答对。

于是，相亲那天，二奎便顶替哥哥去了。

时值民国中后期，政府虽然倡导婚姻自由，但是，民间仍然遵循"父母之命，媒妁之言"。所以，此番相亲，也就是走走形式，让男女双方，打远处的月光下或是暗淡的灯影里，相互观望两眼，大致看到对方不是瞎眼、驼背、瘸腿子，就可以了。尤其是女方，人家隔窗观望男方以后，能闪个背影给男方，就算是大方的了。

然而，二奎替哥哥相亲的那天晚上，对方不但从阁楼上款款走下来，还引二奎到当院的石榴树下站了一会儿。其间，二奎一直低着头，怕对方认熟了他，将来不好与哥哥转换。后来，是媒人打差儿，说："时候不早，我们该回去了。"这才把他们分开。

接下来，大奎迎娶新娘时，二奎有意避开。以至于哥哥大婚的当天夜里，爹妈便安排二奎背起行囊，悄悄地离去。

新娘子始终蒙在鼓里。

婚后第三天，一对新人喜气洋洋地回门——去见女方爹妈。途经盐河口一片干涸的芦苇地时，新娘子一时内急，要去芦苇丛里方便，她让大奎守在路边，为她望着路两端的行人，她拨弄着冬日里"沙啦啦"作响的芦苇秆，往芦苇深处走去。

大奎张望着路上的行人，同时也张望着芦苇地里的新娘。望着望着，新娘子没了身影！大奎站在路边喊了两声，没听到答应，又喊了两声，仍然没有答应，大奎便钻进芦苇地里，边喊边找。可不管他怎样呼喊，怎样寻找，一个大活人，就这么眼睁睁地没了。

　　接下来，双方家庭搅和到一起，好端端的一桩婚事，转瞬之间，变成了一场看不到结局的闹剧。


　　一年后，在外面陆续听到家中传闻的二奎，领着一个女人回来了。

　　爹娘以为那女人是二奎的媳妇。没想到，二奎告诉爹娘，说那女人是他从南洋那边，花钱买来给大哥做媳妇的。随后，二奎解下背上包裹，谨小慎微地放到大哥跟前。

　　大哥问："这包里是什么？"

　　二奎说："是你的新娘。"

　　说这话的时候，二奎转身跪在爹娘跟前，告诉二老，大嫂跟他逃往南洋，并于半月前死于难产。他恳请爹娘把她的骨灰葬于张家祖坟。随后，二奎叩拜了惊诧之中的爹娘，起身离家。从此，再未回盐区来。

# 大喜

　　吴妈正在沈家后院的水井坊洗衣服，女儿红玉挽一篮子红彤彤的柿子打乡下找来。前街的门台下，红玉与候在沈府门外的马夫老曹打了个照面儿，顺口问老曹一句："俺娘呢？"

　　红玉常来沈府，认识沈府上下好多人呢，比如眼前的马夫老曹，她还坐过他的大马车呢。

　　老曹看红玉用几片枯树叶，盖着篮子里油汪汪的柿子，眼馋！便所答非所问："柿子，揽熟了吗？"

　　红玉当即撩开一片枯叶，右手的食指与拇指，灵巧地捏住一枚枯枝似的柿子蒂儿递过来，说："给你一个尝尝，揽透了，可甜呢。"

老曹伸手托住，说："再给一个。"

红玉粉嫩的小嘴巴一噘，说："这可是送给太太的。"
言外之意，给你一个尝尝就行了，怎么还要呢？

老曹的下巴随眼神儿，往他身后那高高的门台上一比
画，示意：还有老爷呢，要不要给他一个。

红玉抬头望去，只见沈府那高高的门台上，身着长袍的
沈老爷，正背着手，很是入神的样子，观赏门里门外摆设有
序的一盆盆竞相绽放的黄菊花、紫菊花、白菊花、蓝菊花。

那一刻，红玉下意识地躲到马车后面。可已经迈下台阶
的沈老爷，还是看到她了。但是，沈老爷并没有搭理她，沈
老爷在管家的陪送下，默不作声地上了马车。

出城以后，沈老爷站在路边干枯的柴草上撒尿时，一边抖
动着裤子，一边看着远处盐河里船来船往的帆影，有一搭、没
一搭地问身边的老曹："刚才，那是吴妈家的闺女？"

老曹说："是。"

沈老爷说："都长这么大啦！"

老曹说："女孩子，长得快。"

老曹的意思是，女孩子到了发育的时候，如同浇透了水
的花朵，一宿一个样呢。可他不会那样表达。

沈老爷没再说啥，转身上了马车，去城里听戏。

再说那红玉，她挽来一篮柿子，在沈家后院的水井坊，
找到正在埋头洗衣服的娘，二话没说，挽起袖子，就帮娘
"唏涮、唏涮"地搓洗那大盆、小盆里的衣服。

回头，娘俩把洗好了的衣服，一件一件亮晶晶地晾晒在太阳地的绳索上，吴妈便领着红玉去给大太太送柿子。临近大太太的房门口，吴妈故意让红玉走在前头，吴妈想让大太太看看她家的红玉，是不是可以留在沈家做点什么事情。

之前，吴妈跟管家私下里说过这事，可管家没敢答应。管家说沈府里向来不养闲人。也就是说，在管家的眼里，吴妈那闺女，还是个孩子，弄到沈府来，怕大太太不高兴。

现在，红玉就站在大太太跟前了，大太太上一眼、下一眼地打量红玉，看似与眼前的小猫说话呢，半天冒出一句："留下吧，先到老爷房里烧壁炉去。"

那时间，已经是后秋了。每年的这个时候，沈府里的老爷、太太、姨太们房里，都要生火取暖，尤其是老爷的房里，格外要暖和一些。别看沈老爷在外面长衫、马甲的穿着，可他进屋以后，穿着可随便了，有时，就是一身软绵、宽松的绸缎。

红玉刚到沈老爷房里烧壁炉时，总认为她身上暖了，沈老爷就会觉得暖和。其实不然，红玉身上穿的衣服多，沈老爷房里稍微暖一点，她就认为暖了。结果，被管家叫去训导几回后，红玉这才知道，她身上的衣服要少穿一点，才能与沈老爷同步感知房间内的冷暖。

岂不知，这样一来，新的问题又来了。

红玉衣着单薄地在沈老爷眼前晃来晃去，等晃到沈老爷来了兴致，便晃出事情了。

第二天，吴妈领着红玉，哭着去找大太太。

大太太没等吴妈把事情哭诉完，原本冷冰冰的脸上，意外地显露出一丝笑容来，大太太说吴妈："你哭什么呀，这不是喜事吗！老爷看上你家红玉，这是你家红玉的福分。"

随之，大太太吩咐一旁的丫鬟："翠儿，带她们娘俩去账房领十两银子，让红玉打扮得漂亮点。改天，选个黄道吉日，给老爷娶到房里去。"

此时，满脸是泪的吴妈，尽管是满腹的不情愿，可她想到女儿已经被老爷给弄了，也只好随了大太太的说辞，挽起红玉，抹着泪水，跟大太太身边的那个叫翠儿的小丫鬟去了。

吴妈按大太太的说法，拿了沈府的银子，领红玉回家，给红玉做了身喜庆的嫁衣，等沈府的花轿来接嫁，可苦等数日，未见沈府来人提亲，吴妈便到沈府那边去打探。

当吴妈看到沈府里张灯结彩，杀猪、宰羊，几个巧手的婆娘，正在剪着窗花，往西厢房的门窗上张贴大红喜字时，吴妈没好再往跟前走。

那一刻，吴妈的心中，涌起一股喜悦！

在吴妈看来，沈老爷虽然老了些，可人家富贵，人家有宽堂大屋，有花不完的金银洋钱。此番，红玉嫁到沈府去，后半生吃穿不愁了。吴妈甚至想到，过个一年两载，红玉给沈老爷生个大胖儿子，跃身一变，便是沈家的姨太太了。到那时，她家红玉，可就金贵喽！

所以，吴妈忽然觉得红玉的身子骨瞬间娇贵了，到家

吴妈按大太太的说法，拿了沈府的银子，领红玉回家，给红玉做了身喜庆的嫁衣，等沈府的花轿来接嫁，可苦等数日，未见沈府来人提亲，吴妈便到沈府那边去打探。

后，洗衣、做饭的粗活儿，不让红玉上手，甚至吃鱼、嗑虾时，还要精心帮红玉把鱼刺、虾壳儿剔出来，生怕鱼刺、虾壳啥的，卡到红玉的喉咙里，不好向沈家人交代呢。

转眼，又是数日，沈府那边仍然没来提亲。

吴妈感到纳闷了，明明是看到沈府里杀猪、宰羊，张贴大红喜字呢，怎么这么多天过去了，还是没有人来提亲呢？吴妈再去沈府打探。

这一回，吴妈打探到实情。

原来，沈府里张灯结彩，娶的不是她家红玉，而是大太太房里那个小丫鬟翠儿。

吴妈听到这个消息时，当场晕倒在沈家那高高的门台前。

后来，管家出来传话，说大太太说了，让红玉在家等着，说不准哪一天，沈老爷想起她来，就会派八抬大轿去接娶她。

可怜那红玉，直等到数年后，沈老爷年老病死，也没等到沈家的花轿来抬娶她。

# 乱子

    国军溃败的时候，如同盐河滩涂上栖息的鸟儿，看似"叽叽喳喳"的一大片，掷一粒石子过去，或是某人远处高喊一声，立马就会惊飞四散。

    时光倒退至1948年秋，午夜。打盐河内陆的河道里，疾驰而来三匹快马。铁蹄下，洪峰一般的烟尘闪过，留在旷野里的是那骤雨般的马蹄声。

    马背上，是三位全副武装的军人，他们一路扬鞭催马，直奔盐区的土财主葛怀德家的内宅。

    打头的那位年轻少尉，是葛家的大公子葛孝谦。

    葛家，共有三个儿子，除大儿子葛孝谦读书读到军营中去，另外两个兄弟，尚未成年就夭折了。

是年春，葛老爷趁大儿子回乡探亲，急匆匆地把孝谦的婚事给办了。新媳妇是盐河北乡刘员外家的闺女刘采莲，那小女子识字不多，但温顺贤惠，深得葛家人喜爱。只可惜当初孝谦回乡探亲时婚期太短，小两口缠绵几日，没等采莲怀上孩子，他便匆匆离去。

今日，孝谦午夜返乡，可谓是小夫妻难得的良宵之夜。按照常规，孝谦与娇妻今夜要百般恩爱。可此时的孝谦毫无眷恋之意，他匆匆地穿过前厅，看都没看西厢房内妇人的烛光灯影，直奔正堂去见父母大人。葛公子给家人带来一个极为不幸的消息——八路军已经打到日照府。

日照府，离盐区的直线距离不足百里。这对于一向为国军摇旗呐喊的葛家来说，可谓是"城门失火，殃及池鱼"了。

葛老爷听到这个消息时，半天没有醒过神来。末了，他问儿子："我们该怎么办？"

之前，葛家给国军支援过钱粮，只盼望国军能打个大胜仗。眼下，儿子告知前方战事吃紧，这在葛老爷看来，还应该再捐些钱粮，支援国军一把。

可儿子说，当务之急，只有一个办法，那就是赶快逃跑。说这话时，儿子从怀里掏出一张上海吴淞口至浙江舟山码头的船票。

父亲看到儿子手中只有一张船票，眉头一拧，问："你媳妇与你娘呢？"

儿子没有说媳妇与娘不重要。他只告诉父亲，当下的船票，千金难求。他让父亲收拾一些散金碎银，赶快南下。

父亲接过儿子手中的船票，正反面看了看，问："那我从家里到上海的这段路程该怎么走？"

父亲想知道国军在苏鲁交界线上还能抵抗多久，他本人是否能从盐区顺利地逃离出去。

儿子说，盐区暂无"老蒋"撤退的命令，一切还在按部就班。他让父亲不必声张与惊慌，择日把家中的事情安排妥当后，如同外出赶集、卖盐一样，乘盐河的货船，可神不知、鬼不觉地直达上海吴淞口。

儿子向父亲交代好这些以后，急匆匆地要返回军营。父亲一听，当即拉下脸来。他拦住儿子，指着西厢房里摇曳的烛光，说："媳妇，你媳妇在家苦苦地等你小半年啦，我的傻儿子！"

儿子说："门外还有两个卫兵候着呐。"

父亲说："我还等着抱孙子呐！"

儿子无语。

当夜，葛孝谦与采莲短暂缠绵后，便急匆匆地上路了。

次日，葛老爷原本该按照儿子的指点启程南下，可他念及家中的财产，尤其是这些年来积攒的整坛整罐的钢洋，以及夫人戴过的和没有戴过的那些金银首饰。他想找个合适的地方把那些财宝藏起来。

于是，葛老爷守着家中那些财宝，就像一只急于寻窝下蛋的母鸡，围着自家的宅院转悠，以此寻找安全的藏宝之

葛家，共有三个儿子，除大儿子葛孝谦读书读到军营中去，另外两个兄弟，尚未成年就夭折了。

地。末了，他借助夜色，先是挖开了水井台旁边的石块，随之又在石磨底下掏洞，再然后，他连茅坑底下的石板也撬起来，并掏出深深的洞穴，将家中那些装满金银的坛坛罐罐，一个一个深深地埋入地下。最后，等他从橱柜的夹层翻出家中的地契时，葛老爷犯了愁。那些看似薄如蝉翼的纸片，实则价值连城，它是葛家几代人勤奋努力的成果，原本要世代相传，可现在遭遇乱世，它见火可着，遇水将会腐烂，不能深埋地下，也不便于带在身上游走四方。再说，他此番离家出走，并非是外出谋生，而是被迫逃命，很难预料他这一去，以后是否还能活着回来。

葛老爷想把地契交给夫人保管，可那老婆子，自从失去两个尚未成年的儿子后，便自认天命，无端自慰地信起佛来，整天只想着往寺庙里跑，心中早已没有这个家。

转而，葛老爷想把地契交给儿媳妇采莲，又担心儿子只匆匆回来那一趟，尚不知儿媳的腹中是否留下葛家血脉。倘若某一天儿子在前线阵亡，媳妇又未能为葛家怀上一儿半女，到头来，那地契落在这小妇人之手，且随嫁了他人，岂不人财两空。

想到此，葛老爷便推迟了行期，他想静观儿媳采莲的变化，如果她真是怀上葛家的种，他就把地契及家中的藏宝之地，一一托付给她。

由此，在接下来的日子里，身为公爹的葛老爷，有事没事地老往儿媳采莲的西厢房里跑，他先是跟采莲讲了外面的形势，随之向采莲陈述他们葛家的盐田、地产等辉煌家业。等葛老爷把家中的地契及藏宝之地一一托付给采莲时，采莲还真怀上了葛家的血脉。

转年，也就是葛家父子一个远去台湾，一个战死沙场时，采莲生下一个大胖小子。

采莲给那孩子取名——乱子。

对外，采莲说，孩子生于乱世，取名乱子，以适年景。

对内，也就是对葛家父子来说，她采莲也分不清那孩子是谁的。因为，公爹把家产托付给她的同时，在她身上，同样是下了"赌注"的。

《北方文学》2018年第9期

# 拔贡

拔贡，也称贡生。

贾少乾提名拔贡的那一年，他已经五十八岁了。县衙里来送公函的那位打着裹腿的衙役，一路问到贾先生府邸，如同回到自己家里一样，门都没敲，斜背着一个黄帆布的公文包，推开大门就进去了。

看门的满仓问他："你找谁？"

衙役问满仓是谁。

满仓没说他是贾先生家的长工，满仓说："我是他们家干活的。"

衙役一听是府上干活的，瞬间，口气就变了，支使满仓："你去把贾先生找来。"

说话间，那衙役还很牛皮的样子，扯了把凳子坐下，顺手捏起茶几上的坚果儿，"嗑叭嗑叭"就扒起来吃呢。

满仓看那人很有派头，便放下手中正在搓捻的草绳子，起身去南书房找贾先生。可他走到南书房的窗下，看到贾先生正引领着孩子们摇头晃脑地朗读"之乎者也"，他又回来了。

衙役问他："贾先生呢？"

满仓说："在上课。"

贾先生给孩子们上课时，最烦外人打扰。贾先生曾教导过满仓，说他给孩子们上课的时候，就如同在睡梦中，若是那个时候被谁给晃醒了，是很不高兴的。所以，满仓看到贾先生正在教室里捧着书本"走柳"，他扭头就回来了。

衙役说："你去告诉贾贡生，县衙里来人啦！"

贾贡生就是贾先生。不过，那个时候尚未公布贾先生是贡生。那衙役之所以提前透个口风，是想从贾先生那里捞点报喜的饷银呢。

满仓不晓得贾贡生就是贾先生，他只知道贾先生在给学生们上课时，不能打扰。

衙役有些不耐烦了，板起脸来训斥满仓，说："本衙役可有急事！"言下之意，你赶快去给我把贾先生找来。

满仓一看对方不高兴了，返身再折回去时，就把贾先生给请来了。

贾先生得知自己中了拔贡，一番惊诧与喜悦之后，当场掏出几乎是两个学生一年的学费钱，赏给了那个前来送喜报的衙役。

第二天黎明前天还很黑暗的那一阵，夫人把贾先生晃醒了，告诉他，时候不早了，该赶路了，并说满仓已经把昨晚上备下的海参、鱿鱼、大虾啥的都捆绑到驴背上了。贾先生睡眼惺忪，爬起来到院子里洗脸时，影影绰绰地看到满仓牵着驴子，正等候在大门外。这期间，驴子在门外可能等得不耐烦了，来回"嘟，嘟"地打响鼻，夫人把昨晚压在枕边的几张银票，叠起来塞到贾先生内衣的口袋里。那是要去县衙里打点人家的。

回头，贾先生与满仓一前一后地伴着驴子"郭达郭达"走出村口，贾先生自个儿在心中略微估算了一下，就这两天，为他那个拔贡的名号，他这一年办学的费用，只怕是搭进去了。但，贾先生觉得值！

当晚，贾先生在县衙旁边的一家小客栈里住下，学政大人赶过来设宴款待他。席间，学政大人交待了贾先生次日接受朝服时的有关礼仪之后，还向贾先生陈述了本年度，本县可以推荐为拔贡的另外几位考生，他们的条件也都是不错的。但学政说，最后他与知县大人拿结果时，还是选定了他贾先生。很显然，学政大人是在向贾先生表功，贾先生心中能没有数吗。

拔贡，是科举中一个"补漏"的功名。每六年一次，即三年一次的科考之后的再一个三年，才能有一次举荐拔贡的机会。而乾隆七年以后，又改为逢酉一次，即十二年才有一回。而且每次每个州、县只能举荐一人。这个难得的举荐名额报到京城，待国子监下文认可以后，便可列入科举的范畴（类似于当今高考时的保送生）。被推举的对象，必须是历届科考中、履试不中，而又学识渊博者。国子监认可的拔贡，享有朝廷一定的俸禄，同时可以放至州、县任职，或留在地方执教，朝廷配发一套朝服。至此，见官、进衙门，可以不用下跪了。

贾先生换上朝服后，知县大人约见他，问贾贡生今后是留在本县做事，还是继续回到乡下教书。

这个问题，贾先生原本已经把答案想好了的。可真到了知县大人让他做决断时，贾先生还是犹豫了一会儿，说："教书。"

贾先生说出"教书"两个字时，他心中的仕途之念，如同一个鼓足了气的气囊，猛不丁地扎到了一个尖锐的器物上，瞬间，如释重负。

贾先生知道，他这把年纪的拔贡，若是留在县衙里做事，至死，也就是个一般的幕僚而已（类似于今天的秘书、文书之类），若是想在仕途上再往前迈一步，必须有足够的黄金白银铺道。

所以，贾先生决定回乡执教。

贾先生年轻时，与天下的读书人一样，也曾有过远大的理想。可残酷的现实，将他那远大的理想，一次又一次地化为泡影。可谁又能料到，已近花甲之年的贾先生，偏偏喜得一个拔贡的美誉。

贾先生穿着朝服往回走时，一路上，经乡，乡迎；过镇，镇上有他教过的学生燃放鞭炮欢庆。而贾先生只是象征性地穿着朝服走回家，第二天，他就把朝服脱了，在家中较为显眼地方供起来。

这以后，贾先生虽说还在乡间教书，可他的生活发生了很大变化。先是门下的学生多了，好多邻县有钱人家，都不惜重金将孩子送到贾先生这里来；再者，就是隔三岔五地常有信函来，不是邀请他到某地去吃酒席，就是县衙里邀请他去议事。贾先生自穿上朝服那天，就被纳入本县议事团成员（相当于现在的人大代表、政协委员），每逢县里有什么大事件，都要请他去参与讨论。

为此，贾先生很忙，南书房的孩子们经常是十天半月见不着先生一面儿。尽管如此，前来贾先生这里求学的人，仍然络绎不绝。后期，县盐政局、教育委、妇幼所、救火队等，一些贾先生从来都没有听说过的部门，都邀请贾先生去做委员、做顾问，甚至是做名誉会长之类，弄得贾先生苦不堪言。

但，总体来说，贾先生的晚年，还是蛮辉煌的。

贾先生去世时，已经是民国了。入殓时，乡邻及其他的家人们，还是把晚清时的朝服给他穿上了。

贾先生那身朝服，一生只穿过两次，即县衙里授服时穿一次；死时，又穿一次。

贾先生与满仓一前一后地伴着驴子「郭达郭达」走出村口，贾先生自个在心中略微估算了一下，就这两天，为他那个拔贡的名号，他这一年办学的费用，只怕是搭进去了。但，贾先生觉得值！

# 报喜

　　汽车作为一种不吃草料就能跑动，而且跑动起来又快于骡马的代步工具，在盐区沦陷后，盐商葛绪德葛老爷家就弄来一辆。

　　葛绪德是日伪时期的伪县长。

　　葛家那辆小汽车是日本人送给他的，四个轱辘上面蒙着个绿色的小篷子，后屁股上一冒烟，就能撒着野儿满地乱跑。盐区人叫它绿蚂蚱，原因是那时间盐区没有与之配套的行车路，那辆绿莹莹的小汽车穿行在盐河湾的草丛里，活像是一只绿色的大蚂蚱在草棵子里乱蹦跶。再者，葛家人依仗日本人的权势耀武扬威，盐区人压根就瞧不起他那号"添沟子"的货色，骂那辆小汽车是绿蚂蚱，就等于诅咒他葛绪德没有几天好光景。

葛绪德可好，日本人把汽车赏给他的当天，他就把那宝贝开回家报喜。

一时间，葛府上下，老老少少几十号人都出来观望。就连常年深居后院的大太太，也在身边小丫鬟杏儿的蛊惑下，仪态万方地来到南门外，围在那小汽车跟前左瞅右看呢。

其间，杏儿见大太太看得入神，调皮地猛一按喇叭，"嘀——"一声，吓得大太太猛往后一仰，随之，大太太头上那根扬州坠儿上的流苏摇呀摇，半天都没停下来。

大太太白杏儿一眼，嫌杏儿没个正经，骂她个"死丫头！"

杏儿笑，指着方向盘右边那个铜钱儿大小的绿豆豆，告诉大太太，说："这儿，这儿是汽车的喇叭。"

杏儿说，那小小的绿豆豆，如同牛马的喉咙一样，按一下，它就"嗯啊，嗯啊"地叫唤。

说话间，杏儿还扯过大太太细白的手，让大太太也按一下听听。大太太拨弄开杏儿，双手搭在胸前，只看不按。末了，大太太看着那绿豆豆，有一搭没一搭地问杏儿："是谁告诉你，那是汽车上的喇叭？"

杏儿顺口答道："老爷。"

大太太心里"咯噔"一下，心想杏儿这小狐狸精，一准是瞒着她，把葛老爷勾引到床上了。现如今，凡事都走在她前面了。

随即，大太太就有些不高兴了。

但杏儿并没有察觉出大太太脸上的变化，她仍然很有兴致地告诉大太太，说老爷还教她从汽车的小耳朵里可以看到自己的怪模样呢。杏儿把大太太领到汽车的后视镜跟前，让大太太看看自己是不是变成怪怪的样子。

大太太没有看。

大太太围着那辆小汽车转了转，就回后院了。

当晚，大太太陪葛老爷吃饭时，倒是问了许多有关于小汽车的事。比如那四个轱辘跑起来是不是比骡马快；几个人挤坐在那"小房子"里面，空气够不够喘；里面的座椅是不是像自家的床垫一样暄腾、舒适；还有，大家都坐在那么小的空间里，谁想撒尿、吐痰了怎么办，等等。

正在吃饭的葛老爷，无心回答大太太那些曲里八拐的问题，他没好气地回大太太一句："赶明儿，你亲自坐一回，就什么都知道了。"

次日，大太太以到燕尾港去看看葛老爷的住所为由，盛装出行，果真感受了一下乘坐小汽车的荣耀与华贵。

不能作美的是，平日里很少出门的大太太，此番到燕尾港码头以后，不经意间着了凉。晚间回来后，早早就躺下了，连晚饭都没有吃。

杏儿很想知道大太太坐在小汽车里的感受。可大太太回来以后，只说海边的风呀、浪的，只字不提坐汽车里的滋味。

杏儿猜测，大太太一准儿怕她去蹭葛老爷的汽车坐。早晨，大太太跟老爷出门时，杏儿就想跟他们一起去风光，可临上车的时候，大太太偏说家里的狗呀、猫的需要照料，硬是把她给留在家里了。

杏儿好奇，她可想坐坐那小汽车了。

于是，改天盼到葛老爷从燕尾港回来时，杏儿着意把自己打扮得很漂亮，原本就很白净的脸蛋儿，再涂些香粉，小嘴巴涂得红红的，不等葛老爷吩咐她什么事情，她便主动往葛老爷身边跑。

大太太看出杏儿的鬼心思，偏不给她接触葛老爷的机会。每当杏儿想在葛老爷怀里起腻时，大太太不是支使她去帮厨，就是喊她来捏肩捶背，弄得杏儿好生心焦。

尽管如此，杏儿还是把握住时机接触到葛老爷，并不知不觉地为葛老爷怀上了孩子。

起初，杏儿并不知道她怀上了葛老爷的孩子。可大太太从杏儿无端的呕吐中，一眼就看出她的异样，大太太装聋作哑，好像在杏儿身上什么事情都没有发生，每天照旧支使她铺床、叠被，甚至连搬动花盆、擦天窗的粗糙活儿，都让她去做。直到有一天，葛家的一个老妈子看出端倪来，悄悄地跟大太太说："杏儿，只怕是怀上了孩子。"

大太太这才把杏儿叫到跟前，质问她："你是不是瞒着我，勾引老爷了？"

杏儿不敢说是，也不敢说不是。杏儿低头站在大太太跟前，如同偷了主人的东西，又被主人当面翻出"赃物"似的，她俯首站在大太太跟前，半天不敢抬头看大太太。

大太太问："你肚子里，是不是怀了葛家的种？"

杏儿紧咬着粉唇点点头。

大太太说："这么大的喜事，你怎么不跟我说一声呢？"

杏儿听出大太太那话是损她的，眉眼儿直往脚尖上瞅。

大太太说："你怕什么呀，这是喜事情呀！"大太太说这话时，恰好当天燕尾港那边有车来家里送东西，空车返回时，大太太让杏儿跟车去向老爷道喜去。

杏儿喜出望外。

可杏儿有所不知，那时间，汽车在没有公路的野地里奔跑，人坐在车内，如同竹筐子里晃豆子，上下左右，没有一处是安稳的。大太太先前跟车去过一回燕尾港，回来几天都没有歇息过来。而今，身怀六甲的杏儿，哪能受得了如此颠簸？

当晚，杏儿从燕尾港回来，就叫唤肚子疼了。大太太帮她找来郎中，折腾了大半夜，还是没有保住腹中的胎儿。

一直伺候在杏儿身边的葛家老妈子，双手托着杏儿身上掉下来的那坨"肉"，很是痛惜地告诉大太太，说："是个男孩。"

大太太俯下身，仔细看了看，随之，脸色一沉，训斥那老妈子："胡说，哪里是什么男孩，分明是个没有带把的臭丫头。"

葛家那老妈子看大太太脸色有变，慌忙改口，说："噢，是个女娃，是个……"老妈子说话的声音很小，小得像蚊虫"哼哼"一样。

《微型小说选刊》2019年第5期

# 守望

是春天，还是夏天？兰村人已记不清楚了。

总之，那阵子闹"土改"。盐河两岸，人慌马乱的，没谁在意盐河边的滩涂地上，多出来一间瓜棚似的小房子。等兰村人察觉到那房子里住着一位小脚的孤老太太时，她已经在房前的空地上，开垦出一片荒地，所种的韭菜、辣椒、南瓜、小水萝卜啥的，绿了半面河坡。

此地人家建房子，大都坐北朝南。而那个小脚女人居住的房子，偏偏是坐东朝西的，且门窗开在"个"字形的山墙上，人若走进屋内，只能在中间起脊的空间里活动。

好在，那女人的个子不高，床铺支在墙脚低矮的地方，吃饭的小石台子，装水、盛米、藏鸡蛋鸭蛋的木桶、瓦罐啥的，也都摆在墙脚两边的低矮处，以便腾出屋内更多的可以活动的空间来。

那女人每天清晨要做的事情，就是去河里打水。"咕咚——"一声，她将手中的瓦罐抛进河中，待瓦罐内"咕咚咚"地灌满了水，她便单手提着那葫芦头似的小瓦罐，斜着身子，拧着一双小脚，一路滴滴答答地落着水，慢慢地爬上河堤，走进她那块用树枝、破渔网子围起来的菜园地里，先浇打纽、开花的茄子、辣椒；再浇爬上支架的南瓜、黄瓜；末了，看看昨日割过的韭菜，一夜之间，又冒出了鸭黄色的嫩芽儿，再去打罐水来浇浇。

浇过了园子，她再把堵在屋内的鸡放出来。

那老太太在自家的山墙上掏了一个洞，洞口连着屋内的鸡舍。所谓鸡舍，也是一间小房子，方方正正地竖在屋内一角，周边用石板、泥巴砌好，抹严实，丝毫不露鸡舍内难闻的味道。鸡们从门洞口进去，看似进了房内，其实是走进房内另一个更小的空间里。夜晚，老太太睡在床上，能听到鸡们在"泥台子"里面"吱吱咕咕"的叫声。赶上黄鼠狼夜来偷袭，鸡们齐声哀号，老太太即使在睡梦中也能听到。

白天，老太太守着她那片菜园，时不时地起身赶跑那些围着菜地打转转的馋嘴鸡们。但，更多的时候，她还是坐在门口的小马扎上，看盐河对面杨家码头上船来船往的景致。

杨家码头，是一个客货两用码头，每天都有三五艘大船在此停泊，他们装走本地的海盐、鱼虾，还有渔民们用虾壳发酵后所做的肥料；载来外面的木材、石料，以及大都市的布匹、桐油、洋盆、洋火和女人们滚鞋口用的匾带子、花丝线啥的。码头上的汉子，扛着盐包或石料，踩着吱呀呀响的跳板，前后拉开距离，喊着号子，昼夜不停地装卸那些货物。远远地望去，那些肩扛背驮的汉子如同小蚂蚁上树似的，在盐河对面的大堤上，上下攀爬。

盐河边打鱼的人，时而路过她的小屋门前，问一声："啊，吃了没？"或是她问人家："打鱼呐？"回答也是："打鱼！"更多的话，没了。彼此间，都不知对方姓氏。所以，打招呼时连个称呼都没有。

她姓什么？叫什么？兰村里无人知道。她从哪儿来？何时来的？是什么人在盐河边帮她建起了那间可遮挡风雨的小房子，也没人晓得。人们只感觉她说话的声音有点蛮。想必，她是盐河南岸人。

但，兰村人很容易地就接纳了她。时常有打鱼的人，扔一两条欢蹦乱跳的鱼给她。她积攒下的鸡蛋或是刚摘下的脆茄子、嫩黄瓜啥的，也拎到村子里，送给那些接济她鱼虾的人家。

村里的孩子，下河游泳，或是在河滩里打架，常把草筐或衣服脱在她小屋门前的石磴上，让她给看守着。孩子妈妈或是孩子爷爷跑到河边来找孩子时，总要先问问她："看见俺家小顺子没有？"回答："下河洗澡去了！"或指指她门前石磴上的衣服，说："这不，他的裤衩还在这里呢！"于

白天，老太太守着她那片菜园，时不时地起身赶跑那些围着菜地打转转的馋嘴鸡们。

但，更多的时候，她还是坐在门口的小马扎上，看盐河对面杨家码头上船来船往的景致。

是，那孩子的妈妈或爷爷便一手拿着孩子的裤衩，一边冲河滩上摇曳的芦苇地放声高喊："小顺子——你舅舅来了，要带你到东庄去剃头发——"

有一年，海潮涌来时，有两个孩子下河洗澡被河水卷走了，等村里人在盐河下游的苇子地里找到孩子的尸体时，村里的许多女人都围在旁边，陪着那家大人哭泣。那老太太也跑去看了，跟着抹了一番泪水之后，几天都没有出门。

在她看来，那孩子溺水而死，好像与她这个在河边住着的老太太有关。其实，她的小屋离河还有好长一段距离呢。但是，她总觉得她有责任似的。

后来，再有孩子到河里游泳，她就站在河堤上张望，不许他们到更深的河水中去。再后来，她叫出了孩子的乳名，便指名道姓地呼喊你，阻止你到深水涡里去戏水。否则，她要告诉你家大人去。

这年夏季，一场台风，卷走了兰村人家的许多茅屋房舍。那老人的小屋，也在刹那间，被台风掀了"盖"儿。等兰村人察觉老人的房屋被台风摧毁时，老人已经被倒塌的房梁砸死了。

兰村人找不到老人的后人，决定就地把她掩埋。

临入棺时，村里女人按当地风俗，要给她擦洗身子，解开老人内衣时，发现她贴身的口袋里揣着一张男人的照片。

那一刻，大家忽而感到这老太太身世不凡！解放初期，普通百姓人家尚不知照片为何物呢，她内衣里却藏有一张貌似军人的照片。那照片上的男人，是她的儿子，还是她的丈夫？是不是应该找到这个男人，才能给她下葬呢？

传看照片时，大伙一筹莫展。

忽而，一个在杨家码头扛过活儿的老盐工，认出了照片上的人，他惊呼一声，说："这人是杨家的大少爷！"

杨家，是盐区的大户，日月鼎盛时，其家丁、奴仆，数以百计。但在"土改"前夕，杨家老太爷闻风而动，早早地带着妻妾、儿女，跟随"老蒋"的队伍去了台湾。这孤老太太是杨家的什么人？她怎么揣着杨家大少爷的照片？她是大少爷的奶妈，还是与大少爷有着不可割舍的骨肉之情？

此事，至今是谜。

《百花园》2016年第11期
《微型小说选刊》2017年第5期

# 年戏

　　张少伍怀揣一方官印，到盐区赴任时，恰逢那一年的旧历新年。途经盐河两岸的村寨，到处都在杀年猪、逢年集，家家户户忙着扯对子、蒸年糕、祭祖先，许多有钱人家的孩子，还争先穿出了新年的花衣裳。村庄、城镇的上空，时而炸响出清脆而悠扬的"二踢脚"，一团团淡青色的烟雾，在碧蓝的天空中慢慢散开，空气中弥漫着浓浓的鞭炮味儿。

　　陪张少伍一同赴任的老仆人阿福，一路牵着马走在前头，他不停地向路人打探去盐区的方向和所剩余的里程，当他领着主子，穿过一弯宽阔的河谷，气喘吁吁地爬上一面高高的河堤时，豁然望到远处河流密布间的一片粉墙黛瓦，阿福喜不自禁地告诉他的主子，说："少东家，前面就是咱们要去的盐区了。"

已经在马背上晃荡了三天两夜的张少伍，此刻就像根酱缸里捞出来的腌黄瓜，蔫头耷脑地歪在马背上，半天没有回过神来。阿福想把他看到的景致，尽快让主子知道，他再次提高了嗓音，向主子报喜，说："少东家，前面就是咱们要去的盐区了。"

这一回，张少伍就像屁股上突然扎了根硬刺似的，猛不丁地抖起精神，但他不是惊喜，而是极为恼怒地训斥阿福："什么少东家、少东家，你要喊我老爷、大老爷！"

阿福这才反应过来，昔日里，南书房里那个穿长衫、戴礼帽、瘦筋筋的少东家，而今已是盐区的父母官，不能再喊他少东家了。阿福慌忙改口，并下意识地低下脑袋，叫了一声："老爷，大老爷！"其叫声之小，可能只有阿福自己才能听到，但马背上的少东家还是感觉到了。

接下来，主仆两人许久无话，唯有脚下的马蹄声，"踢嗒，踢嗒"地回响在空旷而宁静的原野里。

眼前，盐区的街道、房舍，以及大户人家的吊脚楼、高门台，清晰可辨。阿福情不自禁地兴奋起来，他想象着即将要随主子在衙门里做事了，那是何等的风光、气派！心中的美意，溢于言表，以至于沿途的疲劳和主子的责怪，荡然无存。但阿福并不知道，少东家的前任在此犯了事，私吞了盐商的贿赂，同时，还将衙门里十几个官员、衙役扯进"局子"。盐区这边的事务，转交海州府代管已有半年之久。而今，盐区衙门里是个什么样子，就连少东家也蒙在鼓里。

十字路口，有人指给阿福，前面廊檐下，挂着两盏破灯笼的地方就是县衙门时，阿福的心里陡然凉了半截。在阿福看来，县衙门应该富丽堂皇，威风八面，哪能挂着两只瘪了脑袋似的破旧灯笼呢。阿福是见过世面的，堂堂的县衙门，怎么连街道两边的高门大院都不如呢，阿福感到奇怪了。但阿福不想把他心中的猜忌对他主子讲。阿福仍然装作很得意的样子，牵着马，领着主子，奔向前面两盏晚风中摇曳的破灯笼。

推开县衙的大门，扑面而来的凄凉，让他们主仆二人震惊了！空空的院落里，满是荒草和落叶，远处飘来的鞭炮纸屑，花花绿绿地坠落在院内的瓦檐上、粘挂在庭院的松枝间，通往后堂的甬道、花墙、石台间，到处都是新近飘落的纸屑和往日凝固的鸟粪，前后两进院落里，只有一个驼背的秃顶老头守着，县衙里为数不多的几个当差的，之前因为没有公务可干，平时就很少过来当班，此番过年了，全早早地回家忙年去了。阿福告诉那个正在井台上打水洗衣服的秃顶老头，说马背上坐着的那位，是新来的县太爷。

那秃子看似没啥反应，但他略顿一下，还是扔下手中的衣服，起身走到前面门厅里，摸过门后的一串钥匙，一声不吭地领着他们往后院里走。

当天，已是腊月二十八，再有两天就是大年初一。阿福跟在那秃子身后，看着满目破败的县衙，想象着他的主子，昔日里过着衣食无忧的阔绰生活，如何能在这样的地方过大年，阿福的心中，说不出是焦虑，还是心酸。但，阿福怕主子看出他脸上的表情，他一直不敢回头看主子。

此时的阿福，心里来回掂量，此番所带的盘缠，在此地能买多少肉、菜、米、面。而他的主子，面对眼前的残局，虽说也在一筹莫展，但他很快不以为然！尤其是听到远处还有鼓箫欢娱之声，一时兴起，竟然起了花心，他问那个看门的秃子：

"何来鼓箫之声？"

秃子直言相告："怡红院的婊子，贺大年呐！"

往常，灯红酒绿、歌舞升平的怡红院，这几日没了生意。年根底儿了，什么人不回家团聚呢，即使往日身患色痨的老嫖客、大淫棍，也不会选在这个时候再去抱婊子。而怡红院里那些花枝招展的婊子们，整日里唱歌卖笑，个个精通琴棋书画，此刻，老鸨看她们闲着也是闲着，便把戏台子搭在场院，看似惠民，送台大戏给民众贺大年，可骨子里，那妖婆子还是想招引盐区那些有钱的公子哥们，哄抬曲目，额外地捞些银子。

张少伍知道这些，当即抬起衣袖，弹了弹阿福已经给他擦得很干净的县太爷宝座，长衫一抖，坐下，吩咐那秃子，说："喊来，你去给我喊来！"

秃子不解其意。

阿福却懂得他的主子要嫖女人了。一时间，阿福的心里有些慌乱！他知道主子要把所剩下的银子挥霍到婊子身上了，这还了得！一路上省吃俭用，好不容易节省下的那点银子，主子一时兴起，要把它塞进婊子裤裆里了。阿福的心里那个急哟！可他又有什么办法呢，主子要做的事情，他一个仆人，又怎么能阻挡得了。

阿福下意识地摸着怀里的银袋子，如同捧着年初一那鼓弯弯、热腾腾的白面饺子，他舍不得让主子把它花在婊子身上。

可此时，主子主意已决。他话一出口，又感觉什么地方不够稳妥，当即冲着那秃子摆下手，说："罢了，你叫不来她们的，你去把老鸨给我叫来吧。"说完，主子吩咐阿福，赏秃子两块钢洋，并叮嘱那秃子，找辆宽敞的黄包车，把她们老鸨给我接来。

那秃子这番听明白了，他从阿福抖颤的手中，接过两块亮闪闪的钢洋，没再说啥，调头走了。

阿福看着秃子远去的背影，顺手把装钢洋的银袋子晃给主子看，说："少东家，不，老爷，我们的盘缠就剩下这些了。"言外之意，你别折腾了，你再这么折腾下去，只怕年初一的早晨，连顿白面饺子都吃不上了。

张少伍把阿福手中装银子的布袋接过来，上下掂了掂，感觉分量是不太重了，也就没再还给阿福，就手放在身后的椅背间，不屑一顾地告诉阿福，说："好了，忙你的事去吧。"

阿福知道主子的脾性，自然不敢再多言，他木讷地退到一边，忙着为主子收拾床铺去了。

时候不大，怡红院的老鸨果真被叫来了。那可是个见过世面的妖婆子，她一跨进县衙的前厅，银铃般的笑声，就响遍了整个院子，见到新来的县太爷张少伍，开口就说："哎呀，有失远迎呀，我们的县官大老爷——"举手投足之间，还要给县太爷磕头、下跪、行大礼呢。

张少伍说："罢啦——"

那婆子顺势赔个笑脸，便把欲行大礼的架势收住了。

此时，张少伍端坐在太师椅上，动都没动，他瞥了瞥眼前这个披金挂银的妖婆子，问她："外面吹吹打打的动静，是你弄出来的？"

"是呀，这不是过大年了嘛，凑个乐子呀！"

张少伍不想跟她多磨嘴皮子，夸赞了一句，说："好呀，本老爷一路颠簸，正想解解闷儿。"

那个风月场上摸爬滚打出来的老鸨，自然明白眼前官人话里的意思，脸上的淫笑，瞬间像朵花一样一层一层地绽放开来，她问县太爷："你是过去呢，还是叫姑娘过来？"

张少伍抖了一下长衫，说："当然是叫她们过来。"

老鸨问："你是喜欢骑洋马，还是喜欢搂小白鹅？"

张少伍轻嗯了一声，显然是不明白她的浪语。

那老鸨便眉飞色舞地讲起她的大洋马：细高个，柳蛇腰！说到她的小白鹅：那肚皮白嫩柔软得像鹅绒鸭毛似的，生来就是官人逍遥的乐子。

张少伍说："你都给我叫来吧！"

那婆子惊呼一声，说："哟！老爷，你这是要'双飞燕'呀！"

张少伍懂得，这个时候，该把双份的银子付上了，随之欠了下身子，从身后的椅背间摸出银袋，只听"咣当"一声，那银袋便落进那婆子的怀里了。

那婆子得了银子，脸上的淫笑更加丰富了！她乐颠颠地转身欲走，张少伍却高声叫住她，吩咐她把戏台上的乐手还有灯盏啥的，全都搬到这衙门里来。张少伍说，他想先瞧瞧戏，助助兴！

这下，可难住了那婆子。场院里的年戏，已经准备了几天了，这会儿，黑压压地坐满了观众，若是在这个时候停了戏，无异于炸响油锅、捅破天。看戏的人不乐意，她这送戏的老鸨也难以收场。要知道，盐区这地方，可谓十里洋场，有钱有势的人多着呐，没准她这边停了戏，那边就有人砸了她怡红院的招牌。想到此，那婆子脑瓜子一转，赔着笑脸，自圆其说："老爷，你是想先看看戏呀，那还不好办吗，场院里的上座，给你留着就是了。"

张少伍脸一板，说："什么场院里的上座下座，我不是跟你说过了吗，让把你场院的戏台搬到我这里来。"

"这个嘛……"

那老鸨像是鱼刺卡在喉咙里，半天说不出下文了。末了，她还是强装笑脸，叫一声县太爷，说："你这边的戏，能不能改在明天？"

"嗯——"

张少伍一个"嗯"字，拐了八道弯，他告诉那婆子："改在明天，本老爷就没有兴趣了，就今天。"

说话间，张少伍冷下脸来，质问那婆子："嘛，你是不是嫌我给你的银子不够多呀？"遂高声喊叫里屋里正在打理床铺的阿福，说，"阿福，咱装银子的皮箱呢？"

阿福明知道主子这是虚张声势，他们哪里还有银子哟！更没有什么装银子的皮箱。他们主仆俩人所带的盘缠，此刻全到那婆子的怀里了。

可那婆子不知深浅，更不晓得这新来的县太爷有多大背景，岂敢再讨银子，慌忙赔着笑脸往后退去。

当晚，那婆子是如何撤了场院的戏幡，"转场"到县衙里来的，无须过问太多。

这里只说，一夜之间，整个盐区，无人不知新来了一位县太爷。次日一早，当地那些富得流油的盐商以及达官显贵们，无不备着厚礼前来拜见。

老仆人阿福，看着那雪片一般的银票，一时间，可算开了眼界。

# 大先生

民国年间，盐河北乡出过两位名声显赫的先生：一位是颇具名望的贾先生；另一位是贾先生的儿子大先生。

贾先生是真先生，而大先生则是位目不识丁的贾先生。

贾先生有学问，此人是光绪年间的秀才，曾在县衙门里做过几天文书之类的小吏。庚子事变后，社会维新，时局动荡不安，贾先生看仕途无望，便回乡做起了教书先生。至今，盐河以北，上了岁数的老人，但凡能读书解字者，都是贾先生麾下的门生。

贾先生家境殷实，岭上有田地，海边有盐田，家中骡马十几匹，常年雇着三五个做饭的厨子，赶上年节，还要添几个杀猪、宰鸡的帮手。按理说，贾先生那样的人家，用不着他去做孩子王。可贾先生拥有满腹经纶，自感英雄无用武之地，他从县城回乡以后，看到村里的孩子大都读不起书，贾先生自叹那些大字不识一个的穷孩子枉为人生。于是，他便萌发了自办学堂的念头。

贾先生办学，面向大众。穷人家的孩子，但凡你想读书，无须金银铺路，你随便带点什么食物或玩物来见先生即可，比如家中的鸡鸭，以及时令的蔬菜瓜果，略表示对先生的尊重，便可成为贾先生的学生。

贾先生倡导师道尊严，他手中的那杆三尺多长的乌杆烟袋，就是他惩治学生的"戒尺"，调皮的孩子，说不准什么时候，屁股上或腰部，甚至是光溜溜的脑门儿，就会挨他的"戒尺"抽打，可疼呐！

贾先生对他的学生管教极严。可贾先生对他的宝贝儿子，也就是后来的大先生，却无所适从。

大先生，生来白白胖胖的，可他斗大的字识不了半箩筐。也正是因为他腹中无墨，又生在贾先生那样的书香门第，人们才送他一个极有讽刺意味的雅号——大先生。

大先生出生时，上面已有四个姐姐。时年，贾先生已经五十有几了，可谓老来得子，喜从天降，全家上下，对大先生的呵护与疼爱，可想而知。

大先生在"月子"里时，左邻右舍家的狗，都被拴到村头场院里去了，方圆两三里内，不得有马嘶驴叫。贾先生家中的奶妈、女仆、伙计，以及上门来送喜礼的亲戚朋友，都要换上软底的布鞋，才能在院子里走动。厨房内刷锅洗碗，一概不能出声。前后两进院内的门窗转轴上都涂抹了香油，门鼻子上包了厚厚的棉花，生怕弄出丁点的响动，吓着襁褓中的大先生。

大先生五岁时，贾先生跟夫人说，孩子该进学堂了。可夫人不让，夫人说孩子尚小，吃不得寒窗之苦。

五岁时的大先生，还像个婴儿似的，整天吊在奶妈的怀里抱着、伏在女仆和几个姐姐的背上驮着，吃饭、喝水都要家人一口一口地喂，尤其是吃到花生米、核桃仁那类坚果食物，要用蒜臼子将其捣成粉末，再拌上适量的蜂蜜、红糖，一点一点地抹到他嘴里。如此备受家人呵护的大先生，怎么能坚持每天四更起床，独自到南书房去读书呢？特别是冬天，黎明前的寒风，多冷呀！

夫人跟贾先生说："咱们家看着先生，真想教孩子读书，何必要去学堂。"夫人的意思，让贾先生每天晚上睡觉前，在被窝里跟儿子说说诗文，饭桌边再教教儿子认些字儿就妥了。

贾先生明知道那是溺爱孩子，可他内心深处，也疼爱那个宝贝疙瘩。由此，也就听之任之。没想到，这一来，惯坏了大先生。大先生八九岁时，仍哭着闹着不进学堂。后期，真把他弄到学堂去，他的心思偏不在书本上。贾先生横下心来打过、骂过，都不起作用。

贾先生恨铁不成钢，气愤至极时说，那东西（指大先生），天生就是吃屎的料！

这下，夫人着急了！夫人背着贾先生，到此地云台山上找到一位高僧，给大先生算了一卦。那高僧听夫人说了家境，又问过大先生的生辰八字，掐指一算，说大先生是昆虫之命。

夫人不解，问高僧："何为昆虫之命？"

高僧反过来问夫人："你可知道昆虫的上一辈是什么？"

夫人思量了半天，尚无答案。

高僧提示说："昆虫就是草叶上爬动的虫子，你可以想想虫子的父母是什么？"

夫人说："是蝴蝶！"

高僧说："这就对啦！"

高僧说，人世间的事，如同昆虫和飞蛾，总是飞一辈儿，再爬一辈儿。言外之意，在他们贾家，贾先生的学问太深了，到了儿子这一辈，自然要弱一些。高僧建议夫人把振兴家族的希望，寄托在下一辈人身上。

夫人领悟了高僧的话，回来以后，就四处张罗给大先生找媳妇。

在那个时候，凭贾先生那样的身份和家境，想做他们儿媳的女子多得是。很快，就有一位妙龄女子嫁了过来。

不能作美的是，大先生娶妻过后，数年无子女。这期间，大先生的父母相继去世，轮到大先生独掌门户时，其家道开始败落了。先是管家与大先生那如花似玉的小媳妇通奸，并裹走了散金碎银，俩人远走他乡；再就是家中的伙计出乱，常常是早晨用过的玉碟、银碗，到晚上就找不见了；

伙计们下田干活时，明明是用车辆推着粪土走的，回来时，却两手空空，车辆没了……

春天，麦苗返青时，大先生石破天惊地要到地里看看庄稼，伙计们给他备马的同时，慌忙往他兜里装满了花花绿绿的糖果。大先生喜欢用糖果逗引村童们玩耍，他常常像耍杂技那样，弄一块糖果在两只手里来回晃，然后，突然停住，伏身问跟前的孩子："糖果在哪只手里？"答对了，糖果就是那孩子的；答不对时，大先生就会骂那孩子："傻蛋！"随之，也把糖果给那孩子。大先生觉得那样很有意思，很好耍。所以，大先生每次出门时，伙计们都要给他兜里装满花花绿绿的糖果，否则，大先生就不高兴了。

此番，大先生骑在马背上，一群孩子跟在他后面要糖果吃，大先生笑眯眯地看着孩子们，左边扔一把糖果，右边再扔一把糖果，天女散花一般，引逗着孩子们一会儿跑到马路左边，一会儿又跑到马路右边，孩子们很开心，大先生也很开心。其间，大先生自己也要扒一块糖果，美滋滋地含在嘴里，并随手把糖纸吸在鼻孔间。大先生能用鼻孔把那糖纸吸住，而且能吸好长时间，不让那糖纸滑落下来。

出了村，大先生兜里的糖果撒完了，孩子们也就不跟在他身后乱跑了。大先生看着前面一片绿油油的麦田，问："这是俺家的？"

牵马的伙计说："这是王虎家的。"

王虎是盐河北乡的另一位财主。

伙计告诉大先生，说他家的麦田在前面小河南。大先生望望前面绿树掩映的小河堤还有一段路程，便问："俺家的麦子长的什么样？"

伙计说："也是眼前这样绿油油的。"

大先生说："那还去看什么。"大先生吩咐，调头，去镇上听戏。

这是大先生唯一一次去地里看庄稼，结果，还半途而废了。但是，这件事暴露出大先生对他家的田地在哪里、地亩有多少，一概不知。当天，那牵马的伙计就起了歹念。当年收麦子时，那伙计半夜里往自己家里偷了不少麦子，被另外一个小伙计发现后，及时向大先生告密了，大先生听了，皱了皱眉头，说："算了，只要收成好，麻雀还能吃多少！"言外之意，他想偷，让他偷点吧。

伙计们看大先生是个十足的傻蛋，便合起伙来欺骗大先生，他们教大先生玩"搬大点"。

那是一种赌钱的游戏，方法很简单，长长窄窄的小纸片上，印着多少不一的黑点点，纸牌到手后，相互间比大点。但，出牌时颇有计巧，出单张时，谁牌面上黑点多，谁就是赢家；可出对子时，你光有大点，没有对子也白搭。牌局的玩法，可两人玩、三人玩，也可以四个人玩"歇单家"。

歇单家，就是四个人坐在牌桌前，每次只有三个人玩，轮流闲下一个人，可以闭目养神，休息一下，也可以偏着脑袋，看着左右牌家是怎么输赢的。

后人评价大先生，说他真是个有福之人。

大先生最喜欢玩歇单家，原因是他可以牌间休息，任其另外三个人怎么打，他不过问。可他左右的人歇单家时，就不一样了，人家左右张望，看过他大先生手中的牌，再暗示上家如何出牌。那样，输家总是他大先生。

刚开始，他们赌饭局、赌首饰；后来，赌骡马、赌家产。赌到最后，伙计们诱骗大先生把家中的地契也拿出来了。很快，大先生名下的田地没了，海边的盐田也输光了。等到大先生厚着脸皮，到相邻的财主王虎家借贷时，祖上留给他的院落，便抵在王虎的名下了。

后期，也就是王虎派人上门讨债时，大先生被人赶到马厩里小住了一段。但很快，大先生的好运气又来了，此地推行"打土豪，分田地"。

之前，抢走大先生土地和盐田的那几个坏家伙，此时，一个一个都背上了地主老财的"黑锅"，其中一个贪心最大的伙计，还被划为恶霸地主。

而此时的大先生，地无一垄、房无一间，落得个苦大仇深，人民政府为他当家做主，发给他救济粮。人民公社化以后，大先生过上了"大集体"的幸福生活，享受"五保"待遇，吃着精米细面。此人，老来仍旧白白胖胖的，活至八十九岁，无病无灾，寿终正寝。

后人评价大先生，说他真是个有福之人。

《雨花》2017年第6期

# 家事

日本人预谋在盐河口抢滩登陆时，驻扎在苏北的新四军，即粟裕的一个独立纵队，迅速集结于盐河两岸，他们一边挖工事、修地堡，占据有利地形，一边在周边几个村镇征集新兵，补充兵源。

五爷，就是那时候应征入伍的。

后来，我父亲从电影中看到有"火线当兵，火线入党"的情景，就经常跟我们晚辈说："你五爷，就是火线当兵，火线入党的。"

事实，正是如此。

五爷当兵那会儿，日本兵的铁甲舰，已经陆续停靠到前三岛。

前三岛，地处黄海前哨，与陆地的直线距离，不足六十海里。日本人占岛以后，在此修机场、扩码头，其目就是要以此为落脚点，抢占盐河滩。

粟裕他们的队伍，料到这是一场海滩迎敌的惨烈之战，连夜深入渔村，上门征集熟识当地潮汐的渔民当兵。原则上，每家有两个男丁者，必须有一人出来当兵。

动员会，选在一天晚饭后，各家派代表，聚集在村前的小桥头。

潺潺的溪水边，油汪汪的月光下，一个打着裹腿的女兵，摘下军帽，散落出一头墨缎般的秀发，她温温和和地跟大家说："国难当头，我一个女人都来当兵了，你们都是血性男儿，还犹豫什么？难道让鬼子大摇大摆地走进我们的家门，残害我们的婶娘姐妹不成！"

女人的一番话，说动了在场的所有男人。

我爷爷午夜回到家，当即把几个兄弟叫到跟前，先交代村东的二亩秫子，要想着拔草，否则，一旦野草起来了，秫子就瘪了；再说到父母去世时，借西巷三华家六块钢洋，要尽快还人家；接下来，我爷爷类似于刘备托孤似的，把正在睡梦中的我父亲叫起来，交代给他几个弟弟，一定要给这孩子说上媳妇……

当时，我父亲还不满十三岁。

说完这一切，我爷爷最后才告诉大家，说他要去当兵了。

不料，我爷爷话一出口，坐在旁边一直掐草棒子的老五，也就是我的五爷，腾的一下站起来，冲我爷爷，没好气地说："你交代这么多事，谁能记在心上，还是你自己在家料理吧。当兵的事，我去！"

五爷性格刚烈。

我爷爷念他还在新婚里，示意跟前的草墩子，说："老五，你坐下。"

五爷可好，头一拧，转身就走，临出门时，问我爷爷："征兵的干部在哪？我这就去找他们换衣服。"

那时间去当兵，就是拿性命去与日本人拼。但是，在五爷与我爷爷争着谁去当兵时，五爷仍然把话说得很轻松，好像此番谁去当兵，谁就捡了个天大的便宜似的。

五爷不由分说，顶替他的兄长，我的爷爷当兵去了。

这件事，在我们家族中，一直传为美谈。尤其是后来，我父亲年岁大了，膝下有了儿孙，喝点烈酒，说到当年家族中五爷当兵的事，总是赞不绝口。

"那叫一个胆气！"

我父亲发表感叹，说："当时，眼瞅着小鬼子打到家门啦，你五爷牙根一咬，跟着队伍就走了。"

说到这里，我父亲抿一口烈酒，总要训导我们说："你们，都要记住你五爷，那才是血性男人。"

我爷爷话一出口，坐在旁边一直在掐草棒子的老五，也就是我的五爷，腾的一下站起来，冲我爷爷，没好气地说："你交代这么多事，谁能记在心上，还是你自己在家料理吧。当兵的事，我去！"

父亲说，五爷换上新四军的军服以后，并没有走远，他们的队伍就在盐河湾猴家嘴一代的芦苇荡里集训。

这个消息，最初是西巷三华他爹告诉我们家的。

三华他爹是个盐贩子，他去猴家嘴那边的渔村里，以鸡蛋、黄豆与渔民们换私盐，无意中，看到五爷他们的队伍，正在海滩上一处芦苇荡里生火做饭。当晚到家，三华他爹隔墙喊我爷爷，说他在猴家嘴那边，见到了我五爷，还说，五爷一再打听村里有没有人给车提亲呢。

车，是我父亲的乳名。我几个堂叔、姑姑，有叫桩的，有叫祥的，还有叫轴的，总之，都与独轮车上的物件有关。可见那个年代，人们对物质的需求是多么简单，一个大家庭里，能拥有一辆独轮车，就是全家人最大的愿望了。

我父亲是长子长孙，打小就叔叔疼、姑姑爱，很娇惯的。五爷呢，比我父亲年长几岁，我父亲从小跟在他后屁头长大。在乡下，有小叔大侄赛兄弟之说。我父亲与五爷可能就是那样的关系，所以，五爷当兵以后，心中一直念叨着我父亲。

我父亲对我五爷更是思念有加。五爷当兵走的那天傍晚，他曾跟着队伍送出很远很远，最后他是一个人哭着回来的。

现在，突然听三华爹说，五爷的队伍没有走远，就驻扎在猴家嘴那边芦苇地里，我父亲便瞒着家人，坐上一艘小渔船，穿梭于海边的芦苇丛中，找到猴家嘴，找到了五爷驻扎的那片芦苇荡。

我父亲原以为五爷见了他，会很亲切。没料到，换上军装的五爷，突然间变了个人似的，见到我父亲时，猛不丁地掼下脸来，斥问我父亲：

"谁让你来的？"

"……"

我父亲不敢说他是自个儿跑来的。

"你来干什么？！"

"……"

父亲无言以对。

五爷呵斥他：

"滚，你给我滚！"

父亲满腔热忱，换来一头雾水，当时就愣在那儿了。再加上五爷的几个"滚，滚，滚！"，一时间，父亲委屈的泪水，便止也止不住地滚落下来。五爷可好，他看都不看我父亲一眼，仍然训斥他：

"滚！"

"你快给我滚！"

父亲转身跃上送他来的那条小渔船时，五爷忽而从岸上扔来几个白面大馒头。

那一刻，我父亲忽然想起他怀里还揣着一包黄烟叶，是准备送给我五爷的，便喊船夫把船摇回岸边去。可五爷站在岸边，一个劲地打手势，喊叫船夫：

"走，快走！"

后来，听我父亲说，当天，送他去找五爷的那艘小船刚绕过一个海湾，日本人的小飞机，就像燕群一样，俯冲而来，随之，一场震惊中外的大海战，就此打响了。

那一天，是公元1938年9月13日。

《林中凤凰》2018年第1期

《小小说月刊》2018年第6期

**图书在版编目（CIP）数据**

看座 / 相裕亭著. -- 上海：上海文艺出版社，
2020（2022.4重印）
（中国好小说系列）
ISBN 978-7-5321-7539-0

Ⅰ．①看… Ⅱ．①相… Ⅲ．①小小说－小说集－中国
－当代 Ⅳ．①I247.82

中国版本图书馆CIP数据核字(2020)第050933号

责任编辑：胡　捷
装帧设计：周艳梅
封面绘画：张洪建
内文插图：张洪建
责任督印：张　凯


书　　名：看座
著　　者：相裕亭

出　　版：上海文艺出版社
出　　品：上海故事会文化传媒有限公司
　　　　　（201101 上海市闵行区号景路159弄A座3楼　www.storychina.cn）
发　　行：北京中版国际教育技术装备有限公司
印　　刷：天津旭丰源印刷有限公司
开　　本：889×1194　1/32　印张7.625
版　　次：2020年7月第1版　2022年4月第2次印刷
书　　号：ISBN 978-7-5321-7539-0/I.6001
定　　价：42.00元

想看更多精彩故事？
扫码下载故事会APP

上海故事会文化传媒有限公司 出品（00947）

如发现本书有质量问题，请与印刷厂质量科联系　Tel：022-82573686